COLLECTION
FOLIO THÉÂTRE

Heinrich von Kleist

Le Prince de Hombourg

Traduction de Pierre Deshusses et Irène Kuhn

Édition présentée et annotée
par Michel Corvin
Professeur honoraire à l'Université de Paris-III

Gallimard

PRÉFACE

Unique de son espèce en son temps, Heinrich von Kleist a fait de son théâtre à la fois une œuvre d'imagination, un épanchement masqué de ses angoisses personnelles et, pour ce qui est du Prince de Hombourg, *une évocation historique s'ouvrant sur une leçon politique. La pesée de la collectivité et de l'État sur les existences individuelles aboutit dans ses pièces à des conflits difficilement solubles : Penthésilée, terrain d'affrontement de la loi des Amazones et d'un amour fou pour Achille, en meurt ; en revanche, dans* La Bataille d'Hermann, *le héros surmonte l'antinomie : la nation est le produit de la volonté d'Arminius ; il* est *la nation. Dans* Le Prince de Hombourg, *les données vont être biaisées d'entrée car Kleist veut faire une pièce patriotique directement inspirée de la situation de la Prusse de son temps, où la fable est construite pour exalter les vertus militaires de résistance à l'envahisseur français. Il choisit pour ce faire le personnage le mieux fait pour servir de truchement auprès de la princesse Marie Amélie de Hesse-Hombourg, belle-sœur du roi de Prusse : un de ses ancêtres qui s'était illustré jadis contre les Suédois.*

Flattée, Marie Amélie ne pourra, pense Kleist, que l'aider à conquérir la gloire à son tour.

*Malheureusement, le prince Frédéric est beaucoup moins Hombourg qu'il n'est Kleist, un Kleist bien peu militariste, dont il est possible de suivre assez précisément la trajectoire dans ces années 1810-1811 qui sont à la fois celles de la composition de la pièce et celles de la détermination suicidaire de son auteur. Dès lors deux régimes se partagent l'œuvre : le régime fabulaire qui raconte les épisodes d'une bataille indécise mais néanmoins gagnée — et d'autant plus exaltante qu'elle a été acquise de façon hasardeuse; le régime intime qui suit les méandres d'un esprit étrange présenté dès l'abord comme absent au monde. Ces deux lignes ne peuvent se développer parallèlement; elles interfèrent puisque le fabulaire — le sort de la bataille — est déduit de l'intime, de la personnalité du prince. Néanmoins, à maints égards, il est indispensable d'envisager pour elle-même cette personnalité en se détournant de l'histoire ancienne ou récente de la Prusse et de son idéologie en cours d'élaboration (le prussianisme), et en s'attachant à Kleist, à sa conception politique et philosophique du monde (*Weltanschauung*), voire à sa vie privée.*

Comme les deux lignes convergent pour aboutir — apparemment — à un dénouement heureux, la question, toujours ouverte, est de savoir si les contraires qui alimentent la pièce — individu, liberté, rêve, hasard d'un côté; État (patrie), Loi, réalité, raison, de l'autre — se résorbent en un tout harmonieux qui, étant donné la dernière réplique de la pièce, ne saurait être que patriotique, voire militariste et prussien. Il est permis d'en douter.

Une pièce « patriotique »

C'est en ces termes que Kleist désigne, à deux reprises, Le Prince de Hombourg[1]. *Patriotique à coup sûr, et historique, du moins en son principe, puisque la pièce repose sur quelques lignes de la correspondance de Frédéric II, roi de Prusse. Il y rapporte les aléas de la bataille de Fehrbellin engagée le 18 juin 1675 contre les Suédois, combat où le prince de Hombourg fit preuve d'indiscipline. Le roi lui écrivit : « Si je vous jugeais suivant toute la rigueur des lois militaires, vous mériteriez de perdre la vie ; mais à Dieu ne plaise que je ternisse l'éclat de cette journée en répandant le sang d'un prince qui a été un des principaux instruments de ma victoire. » En fait, cette donnée est le seul élément authentiquement historique de la pièce ; tout le reste vient de Kleist, de son imagination et, on le verra, de sa personnalité profonde. En réalité, le prince avait quarante ans, était marié, ne passa pas en cour martiale et ne fut donc ni condamné ni gracié. La phrase citée dit tout, et de la gravité de la faute (en fait, elle fut toute différente) et de la magnanimité du roi pour qui le gain de la victoire n'entra pas en balance avec la rigueur des lois militaires.*

Patriotique, la pièce veut l'être en incitant les Hohenzollern, maîtres du Brandebourg, à entrer dans la coalition de l'Autriche contre Napoléon, pour racheter la cinglante

1. À son éditeur Andreas Reiner, dans une lettre du 21 juin 1811, il parle d'un « drame patriotique (à bien des égards) » et, dans une lettre à Friedrich de La Motte-Fouqué, le 15 août 1811, il manifeste le désir de lui « soumettre une pièce patriotique, intitulée *Le Prince de Hombourg* ».

défaite que la Prusse avait essuyée à Iéna en 1806. Il ne faut pas oublier qu'après le second traité de Tilsit, conclu par Napoléon en 1807 avec le tsar Alexandre Ier et le roi de Prusse, l'État de ce dernier, réduit à quatre provinces (Brandebourg, Poméranie, Silésie et Prusse-Orientale), fut contraint d'entrer, avec le nouveau royaume de Westphalie et le grand-duché de Varsovie, dans la Confédération du Rhin placée sous la tutelle de l'Empereur français. Néanmoins, un mouvement de réveil partit de la Prusse où poètes, universitaires et hommes d'État entretenaient dans la population une exaltation patriotique. S'il n'avait disparu trop tôt, Kleist aurait pu goûter la fierté de la revanche, en octobre 1813, quand l'Autriche se joignit à la Prusse, à la Suède et à la Russie pour vaincre Napoléon à Leipzig.

Que faut-il pour réaliser une œuvre patriotique ? Un héros meneur d'hommes, de préférence jeune et beau, entouré d'un chœur de participants civils et militaires ; de grands sentiments qui exaltent ou émeuvent, même s'ils vont à contre-courant du raisonnable et de l'acceptable ; des souffrances et des victoires, des coups de théâtre avec retournements de situation (c'est le sens du mot péripétie) et, si possible, un happy end. *De l'action et du mouvement, du bruit et de la fureur, mais aussi des moments sentimentaux où l'amour s'inscrive dans un climat guerrier, bien qu'une pointe de romanesque ne soit pas malvenue : du* Cid *mâtiné* d'Histoires *shakespeariennes, en somme. Tout cela on le retrouve dans* Le Prince de Hombourg, *si l'on veut bien faire abstraction de tout ce qui, au-delà des apparences, en fait une œuvre à nulle autre semblable, ni romantique, ni guerrière.*

L'action a lieu historiquement en 1675 quand la Prusse est en butte aux menées expansionnistes de la Suède. Idéalement — pour que la pièce ait un impact patriotique — l'action a lieu... bientôt, quand les troupes prussiennes, survoltées par un héros populaire qui ne s'est pas encore manifesté, vont battre l'ennemi français au lieu de conclure honteusement alliance avec lui en accordant au roi de Suède la main de la princesse Natalie, nièce de l'Électeur dont le prince de Hombourg est amoureux. En ne faisant pas comme l'Autriche qui venait d'accorder la main de l'archiduchesse Marie-Louise, fille de l'Empereur, à l'« Ogre » Napoléon. Frédéric Arthur, prince de Hombourg, est le général de la cavalerie brandebourgeoise, mais il est aussi lié à l'Électeur par un attachement familial, quasi filial.

Dans la partie militaire de l'acte I, l'on voit l'état-major recevoir de l'Électeur, chef des armées, le plan de la bataille qui doit se dérouler le lendemain. En plus des hauts gradés des différents corps d'armée sont présentes l'Électrice, épouse de l'Électeur, et sa nièce Natalie, dont la présence et les conversations, sans objectif militaire, adoucissent ce moment particulièrement « mâle ». Curieusement, le prince est mentalement absent, incapable d'enregistrer les consignes pourtant maintes fois répétées par le haut commandement et son entourage.

On l'avait vu, dans la première partie romanesque du même acte, se tresser une couronne dans le jardin du palais. L'Électeur était venu à lui, entrant dans son jeu, avait saisi la couronne, l'avait entourée de sa chaîne d'or et confiée à Natalie, faisant mine de vouloir glorifier le héros. Le prince, dans un état second, avait tendu la main pour s'emparer de la couronne. L'Électeur et sa suite s'étaient reculés et avaient disparu dans le palais avec la rapidité du rêve, non sans que le prince n'ait eu le temps de saisir un des gants de Natalie. Bouleversé par cet incident à la fois onirique et réel, il n'est guère surprenant que le prince soit incapable de fixer son attention, le lendemain matin, au moment de la distribution des tâches, lui-même étant chargé, avec sa cavalerie, de donner le coup de grâce aux troupes suédoises, mais à un moment précis qui lui serait signifié. On (c'est-à-dire les personnages, mais non les spectateurs qui ont vu le geste de Frédéric dans le jardin) apprend que le gant appartient à Natalie. Jusqu'à cet instant qui conclut l'acte, la quête amoureuse semble privilégiée et court-circuiter l'action guerrière : « Comment l'amour brouille les esprits » ou « Rêve d'amour » pourrait être le titre de ce chapitre s'il s'agissait d'un roman d'aventures.

Les coups de théâtre, à l'acte II, se multiplient : Frédéric ne respecte pas la consigne et lance sa cavalerie sans attendre le signal convenu ; il provoque néanmoins la défaite de l'ennemi quand, survolté à la fausse annonce de la mort de l'Électeur sur le champ de bataille, il bouscule rageusement les lignes ennemies. Tout un chacun exulte, notamment le prince qui, croyant l'Électeur mort, se mue de héros vainqueur en père protecteur de Natalie, prêt à lier son destin au sien, ce que la jeune fille ne refuse pas. Mais, apprend-on, l'Électeur n'est pas mort. Ce qui ne change rien aux projets matrimoniaux de Frédéric. À Berlin, l'Électeur est furieux et voue au peloton d'exécution celui (il ne sait pas encore que c'est le prince en personne) qui a enfreint son ordre. Quand le prince arrive, s'attendant à être fêté, il se voit — mesure infamante — dépouillé de son épée et ignoré par l'Électeur qui félicite chaudement tous les autres. Amer devant tant d'ingratitude et d'injustice, Frédéric remet son épée.

Le suspens dure pendant tout l'acte III : alors que tous ses amis prennent très au sérieux la décision de la cour martiale qui l'a condamné à mort pour insubordination, le prince, faraud, continue à croire à une manœuvre de l'Électeur destinée seulement à respecter les formes légales, mais sans autre conséquence. Quand enfin, devant l'insistance de son ami Hohenzollern, Frédéric finit par croire à l'exécution du verdict, il cherche un motif à une décision qu'il ne peut associer à sa désobéissance : ne serait-ce pas pour des raisons politiques ? Natalie ne serait-elle pas l'objet d'un marchandage diplomatique entre les deux souverains ? En épousant le roi Charles de Suède, elle serait une monnaie d'échange et une assurance sur la paix. Mais Natalie a sans doute fait comprendre que son cœur était pris ailleurs. Voilà qui renverse tous les plans de l'Électeur. D'où sa vindicte à l'égard de Frédéric !

On frôlerait alors le drame bourgeois s'il n'y allait de la tête même de Hombourg. Le prince quitte sa prison pour un moment et se précipite chez l'Électrice ; il jure ses grands dieux à elle et à Natalie, présente à l'entretien, qu'il cède très volontiers la demoiselle au Suédois. Qui plus est, il se ravale plus bas qu'un valet et perd tout sens de l'honneur en réclamant le droit de vivre, dût-il s'enfermer dans son château et se transformer en gentleman-farmer. *Il conseille à Natalie, nouvelle Ophélie, d'entrer au couvent ou d'adopter un enfant « aux boucles blondes comme les [s]iennes ». La démesure qu'il avait manifestée à l'acte II dans le contentement de soi, voire dans la brutalité, il en fait à nouveau preuve mais dans l'autre sens, tellement il abdique toute dignité, non seulement aristocratique et guerrière, mais humaine. Natalie l'invite assez sèchement à se reprendre. Frédéric l'adjure d'intercéder pour lui auprès de l'Électeur, ce qu'elle promet de faire.*

La pièce a déjà cessé d'être patriotique depuis que le

prince s'est vu retirer son épée ; elle est même en passe de travailler à un effet inverse en présentant le héros sous le jour le plus anti-héroïque, non seulement à des spectateurs prussiens éventuels mais à la descendante même du prince de Hombourg, Marie Amélie. À une époque où la patrie n'est pas un concept mais une entité identifiée à la personne de son roi et de ses chefs d'armée, souligner les faiblesses de l'un d'entre eux ne peut que saper l'image de la patrie. Pour tirer son épingle du jeu, il ne reste plus à la pièce qu'à se développer dans le domaine familial et politique, sans parler du domaine propre à Frédéric en tant que personne.

Natalie tient sa promesse et supplie son oncle d'épargner son cousin. Touché au cœur ou tacticien supérieur, l'Électeur semble céder tout en s'arrangeant — par le mot qu'il écrit à Hombourg — pour lui faire refuser sa grâce de son plein gré, donc pour lui faire endosser la responsabilité de sa condamnation. La pièce prend alors un tour procédurier et psychologique, chacun des défenseurs de Frédéric (Natalie, puis Kottwitz, vieux militaire raide mais cœur tendre, puis Hohenzollern) développant des arguments propres à faire revenir l'Électeur sur sa décision. C'est donc aux personnages qu'il faudrait s'attacher alors pour saisir la complexité desdits arguments. Néanmoins, tardivement, à deux scènes de la fin, le thème de la patrie et de sa sauvegarde réapparaît : le prince a effectivement refusé sa grâce et du coup élevé son héroïsme au pinacle. L'Électeur décide de couper les ponts avec la Suède et programme la reprise de la guerre pour le surlendemain. Il n'y a plus qu'à réintégrer le prince au sein de l'armée, en lui pardonnant, malgré ses manquements graves à la discipline. La dernière scène, en bouclant la boucle de la pièce par une reprise da capo *parfaite de la première scène, rejoue le mouvement de Natalie tenant la couronne suspendue au-dessus de la tête de Frédéric. Cette fois, elle achève son geste : geste de couronnement presque officiel complété d'un geste d'amour. Le prince s'évanouit. Il n'importe car les officiers, réconciliés avec l'autorité de l'Électeur et emportés par le désir d'en découdre, sortent en criant : « À bas tous les ennemis du Brandebourg ! »*

Toute bancale qu'a été la pièce, pendant de longs moments, sous l'angle strictement patriotique et militaire, ses derniers mots sont faits pour déchaîner l'enthousiasme guerrier des spectateurs. Mais d'évidence, ce par quoi Kleist nous intéresse le plus aujourd'hui se situe ailleurs : dans l'exploration des zones obscures des consciences.

De la nuit à la nuit

Se tresser une couronne de laurier, c'est déjà se voir vainqueur, se statufier vivant, anticiper l'avenir sans même savoir de quelle victoire il s'agit. Par le rêve le prince accède à sa réalité propre, réalité immatérielle qui fait fi des lois coutumières du temps et de l'espace. L'Électeur, par sa plaisanterie, va concrétiser ce rêve et le nourrir d'illusions nouvelles (don de son collier et offre de la main de Natalie) que le somnambule perçoit à sa façon, assez clairement cependant pour nommer Natalie et l'appeler « ma fiancée[1] ». On pourra penser que cette offre-provocation est bien la cause première du gauchissement de la rêverie du prince, et bientôt de sa faute[2]. Quoi qu'il en soit, on assiste à la coïncidence

1. Natalie n'est pas (encore) la fiancée du prince. Même si on ne connaît pas ses rapports antérieurs avec lui, d'évidence leurs liens sont jusqu'alors de simple cousinage.

2. En allemand les deux mots *Scherz* (plaisanterie) et *Schuld* (faute) forment une allitération significative.

mystérieuse de ce que le subconscient du prince dissimule (ambition et amour) avec un épisode fortuit : le prince voit ce qu'il veut voir. Sans doute « il a des visions », mais la réalité y est entremêlée : il ne se trompe pas d'identité quand il s'exclame : « Friedrich ! [...] Mon père ! » ; ou : « Natalie ! Ma bien-aimée ! » Toute cette scène garde la fragilité et la fugacité du rêve ; elle s'évanouit aussi vite qu'elle a surgi. Mais — c'est là la cause profonde d'un désarroi qui ne cessera pas, la pièce durant —, la réalité seconde du rêve s'est en partie matérialisée par le gant qui lui reste entre les doigts : le gant est la cristallisation du rêve, l'interférence insolite de deux mondes incompatibles. Rêver, il en a l'habitude ; mais aujourd'hui, il est totalement déstabilisé. Saisir de ses mains l'« ectoplasme » de la réalité immatérielle du rêve, il « n'en revient pas » et il ne cessera, pendant tout l'acte II, d'y revenir.

Réveillé, Hombourg donne des preuves de l'état second qu'il vient de traverser en ne se souvenant plus du nom de Natalie ni de l'origine du gant qu'il a entre les mains. Aucune dissimulation de sa part à cet instant : la scène doit être vue avec les yeux du prince et avec sa perception double, donc trouble, non avec ceux et celle d'un spectateur lucide. Il faut partager avec Frédéric la double énigme du nom perdu et du gant saisi. Rapportant avec précision ce qui vient d'avoir lieu, comme appartenant à son rêve, il ne peut cependant se débarrasser de lui et le renvoyer à son inanité — comme l'y a invité brutalement l'Électeur — car le gant existe bien, métonymie d'une main aimée... et encore inconnue au niveau de la conscience claire.

Rien d'étonnant donc que le prince, lors de la réunion d'état-major, soit « ailleurs » : il est le premier surpris d'apprendre que le gant appartient à Natalie ; la découverte de sa propriétaire confirme son rêve qui était *déjà de gloire et qui devient d'amour. En somme, il a déjà gagné la bataille et conquis Natalie. C'est le summum de la réussite individuelle égotiste, mais illusoire : Hombourg ne retient des instructions que ce qui semble l'exhorter à prendre des initiatives : « [...] Mais ensuite il fera sonner la charge. » À la fin de l'acte I, tout est en place pour qu'en résulte la plus grande confusion des temps, des actes et des valeurs.*

Ce qui ne va pas manquer de se produire quand Hombourg, vexé de voir la victoire se remporter sans lui, lance sa cavalerie malgré les observations de son entourage. Il s'ensuit une émulation d'enthousiasme patriotique qui masque la faute, d'autant que l'évolution de la bataille donne un rôle de premier plan au prince. Il est au sommet de son orgueil individualiste et de ses illusions : il se voit déjà l'époux de Natalie et le protecteur du Brandebourg :

Ô divin César ! / J'appuie mon échelle contre ton étoile[1] !

Il va déchanter très vite sans perdre de sa superbe. Apparaissent alors pour la première fois, dans la bouche de l'Électeur, les deux conceptions opposées de l'action : elle ne peut résulter de la volonté arbitraire d'un individu mais doit découler d'une rationalité supérieure incarnée par la Loi. La loi d'obéissance aux ordres est le garant de l'existence de l'État, la guerre ne se fait pas à coups d'impulsions en misant sur un hasard heureux. Pour le prince c'est là une conception non seulement injuste dans ses conséquences en ce qui le concerne (il se fait dépouiller de son épée et mettre aux arrêts) mais incompréhensible. Il ne

1. Acte II, scène 8.

parvient pas à distinguer la personne de l'Électeur de l'impersonnalité de la Loi et, devenant « fou », il insulte l'Électeur en le caricaturant en Brutus, tueur de ses fils. Il n'est pas, comme Kleist, imprégné de la lecture de Kant et le concept d'impératif catégorique lui est insaisissable. À sa décharge, il faut reconnaître que les nature et fonction des uns et des autres sont dangereusement imbriquées : l'Électeur est à la fois chef d'armée et protecteur paternel du prince; Natalie, à la fois colonel d'un régiment de dragons et jeune fille à marier; Frédéric, général de cavalerie et lié par des liens d'affection et de famille à l'Électeur, à l'Électrice et à Natalie.

Il y a plus dans cet éclat spasmodique de révolte : l'affirmation d'une autre conception du rapport de vassalité. Hombourg en appelle à une vieille tradition allemande fondée sur la générosité et l'amour, ciment essentiel de la communauté. Cette notion de communauté est partagée par Kleist[1]*. Elle n'est évoquée que très brièvement à cet instant de la pièce ; elle sera développée tout au long lors des « plaidoiries » de Natalie (acte IV, scène 1) et de Kottwitz (acte V, scène 5). Pour le moment, à la fin de l'acte II, devant les coups de boutoir de Hombourg et les timides mais visibles protestations de son état-major, l'Électeur fait le sourd.*

Les choses ne s'arrangent guère pour le prince à l'acte III : la confusion qu'il persiste à entretenir sur la nature et la fonction de l'Électeur le rassure sur l'issue de sa disgrâce présente. Attentif comme un père à l'éclosion

1. Kleist en a exposé les principes dans le tome I des *Œuvres complètes, Petits écrits (Essais, chroniques, anecdotes et poèmes)*, Gallimard, Le Promeneur, 1999 (*Écrits politiques de l'année 1809* : « Quel est l'enjeu de cette guerre ? », p. 118-120).

de sa jeune carrière, l'Électeur ne peut pas lui vouloir de mal. La machine judiciaire n'a été mise en marche, pense-t-il, que pour respecter les formes : c'est une mise en scène sans effet et Hombourg est habile à trouver des arguments pour expliquer la conduite pour le moins mystérieuse de l'Électeur. Il faut toute l'insistance de Hohenzollern pour qu'il prenne la mesure du danger qui le menace. Mais, même alors, il ne parvient pas à raisonner en termes kantiens : si l'Électeur lui en veut, c'est pour une raison familiale et personnelle tout autant que politique. C'est donc bien toujours en tant qu'individu qu'Hombourg réagit, jugeant que l'espoir de lien matrimonial qu'il nourrissait peut se gommer, la politique étant par définition l'art du contingent et de l'adaptation aux circonstances. La notion de Loi lui est toujours aussi étrangère.

*Il compte sur le cœur (*Herz*) de l'Électeur pour contrebalancer le poids du devoir. L'entente tacite supposée de l'Électeur et du prince tient à l'identité de leurs sentiments : « Et sur quoi se fonde ton assurance ? » demande Hohenzollern. « Sur le sentiment que j'ai de lui ! », répond Hombourg, incrédule aux informations de plus en plus inquiétantes de son ami qu'il réfute : « Il pourrait — non ! rouler dans son cœur / De si monstrueuses décisions ? » Quand il ouvre enfin les yeux (sur les fausses raisons de sa disgrâce !), l'affolement s'empare de lui : « Au secours, sauve-moi ! Je suis perdu » (acte III, scène 1).*

On sort alors du tragique, où les exigences de la Loi sont inconciliables avec celles de l'individu, pour entrer dans le drame, genre ouvert aux marchandages et aux compromis de la vie réelle. Le prince ne connaît encore que deux états : celui du rêve et celui d'une réalité factice (la gloire de la victoire, l'amour de Natalie) qui paraît confirmer le rêve. Il ignore encore ce qui fera à nouveau de lui un héros tragique, haussé au-dessus de l'humanité, mais selon un cheminement qui doit tout à la personnalité de Kleist et rien à une conception à l'antique ou à la prussienne de l'héroïsme.

Il se précipite au château pour supplier l'Électrice d'intercéder en sa faveur[1]*. En chemin, il a été terrorisé par la vue de la tombe qu'on est en train de creuser pour recevoir sa prochaine dépouille. On assiste alors à la scène la plus intolérable, la plus lamentable de toute l'existence d'un homme. Dans la débandade intérieure dont ses attitudes et ses paroles donnent le triste spectacle, la déréliction n'est pas du tout compensée par la conviction intime de son bon droit. Submergé d'émotions, il est réduit à rien, sans arguments. Il fait honte à l'Électrice et à Natalie en renonçant à elle avec une lâcheté aussi brutale qu'avait été subite la déclaration de sa passion, n'attendant plus de salut que de l'intervention de celle qu'il bafoue.*

Mais de ce moment de dramatisme exacerbé l'héroïsme tragique va naître, plus tard, en deux étapes : à la dernière scène de l'acte IV et à la scène 7 de l'acte V. La pièce paraît donc suivre une sinusoïde : elle part d'une situation romanesque de conte, passe par l'épique, tombe dans le dramatique, frôle la comédie (tant les quiproquos et les démonstrations de désespoir sont inattendus) et fait rejaillir le tragique hors du drame, après un long temps, quand Hombourg se reconstruit en héros solitaire et libre. Déjà les prémices en apparaissent à la fin de l'acte III. On sent que le sort du prince se joue entre trois concep-

1. Cette fois-ci à contresens de la scène 10 de l'acte II.

tions de la mort : la mort, sanction d'une faute; la mort-compensation, ouvrant accès à l'autre monde; la mort héroïque, trouvée à la fois dans la bataille et dans l'acceptation de la Loi. C'est Natalie, elle-même héroïque, qui le dit :

> Tu te soumettras, courageux, à lui, le courageux :
> Et celui qui dans la vie fut mille fois vainqueur,
> Saura vaincre aussi dans la mort[1] !

Hombourg est encore en retrait puisqu'il attribue de faux motifs à sa condamnation : il croit toujours s'adresser, individu, à un autre individu, espérant qu'un sentiment (de pitié) peut effacer un autre sentiment (de colère); il croit aussi que l'Électeur agit non par soumission à la Loi mais par stratégie politique : le choix du mariage éventuel de Natalie avec le roi de Suède prouve bien que cette Loi n'a rien d'absolu et que c'est un homme qui la module à son gré.

Plus on avance dans la pièce, plus les faits relèvent du dramatique (les protestations des officiers, la tactique envisagée par Natalie), plus leur explication relève de motifs d'un autre ordre. Les arguments développés tant par Natalie que par Kottwitz puis par Hohenzollern aux actes IV et V sont de même nature que ceux qu'esquissait Hombourg à la fin de l'acte III, mais ils sont alors enrichis des réponses de l'Électeur, mis pour ainsi dire en accusation pour décision arbitraire. Or l'arbitraire émane du sentiment, auquel les susnommés défenseurs du prince opposent un autre sentiment, celui qui défend les raisons du cœur contre la fallacieuse raison d'État. D'un côté

1. Acte III, scène 5.

l'humanité du sentiment, de l'autre, inconciliable, l'application de la Loi. La voie moyenne, qui offrirait une issue de secours, serait de concilier les deux en appliquant la loi, mais avec souplesse :

La loi martiale, je le sais, doit régner,
Mais la douceur des sentiments a aussi droit de cité.
La patrie [...] n'a nul besoin du ciment froid et triste
Que constituerait le sang d'un ami [...] [1].

*Dès lors serait atteinte une harmonie supérieure soudant la communauté (*Gemeinschaft*) des patriotes, leurs erreurs éventuelles étant à juger avec le sens de la relativité. L'Électeur, conscient de n'avoir rien fait d'autre que son devoir, est néanmoins troublé (*verwirrt*). Habilement, il propose de rendre Hombourg lui-même juge de son cas. C'est une mise à l'épreuve qui ressemble à « l'épreuve qualifiante » qui, dans les contes médiévaux et populaires, transforme le jeune premier en héros*[2]. *Dans* Le Prince de Hombourg, *il y va de la vie de Frédéric Arthur et de la conception que Kleist se fait de la Loi. Sans doute, dans l'exaltation du débat intérieur qui le déchire, le prince prend-il, apparemment, le parti de l'honneur militaire. Mais c'est beaucoup plus son amour-propre qui le guide, son désir de recouvrer la liberté individuelle et anarchique de ses actes, fût-ce par la mort. L'on ne peut en effet estimer que la Loi et le devoir l'ont emporté sur l'individu si l'on scrute ces deux*

1. Acte IV, scène 1.
2. Sur ce sujet on se référera à la *Morphologie du conte* (1928) de Vladimir Propp, Seuil, 1965.

vers où le prince dissocie sa conduite de celle de l'Électeur en proclamant l'autonomie de sa décision :

Qu'il agisse comme il en a le droit,
Il m'appartient, à moi, d'agir comme je dois !

À cet instant Hombourg a conquis la gloire et l'amour : Natalie a rusé autant qu'elle a pu, elle s'est même livrée à une sorte de chantage à la lâcheté, mais elle se hausse alors, dans sa chair et son âme, à la hauteur du prince :

Prends ce baiser ! — Quand bien même douze balles
Devraient à présent te coucher dans la poussière, je ne pourrais
M'empêcher de me réjouir, de pleurer et de dire : tu me plais[1] !

Ce paradoxe est plus proche de l'amour à mort celte dont Tristan et Yseut ont fixé l'image que de l'obéissance prussienne au devoir.

Tout n'est pas dit cependant à la fin de l'acte IV; il reste à Kottwitz et à Hohenzollern de présenter une analyse plus précise et plus nuancée de la notion de communauté militaire; et à Hombourg d'affirmer sa liberté, une nouvelle fois et définitivement. Kottwitz, en tant que soldat, prend le parti des hommes d'élite qui savent se fier à la chance, à l'occasion favorable[2]*, quitte à désobéir. Car les soldats sont des hommes, non des*

1. Acte IV, scène 4.

2. C'est le *kairos* grec, instant qu'il faut saisir aux cheveux et qui peut renverser une situation.

robots ; ils sont attachés à leur chef par un lien affectif de dévouement total, non par une obligation mécanique d'obéissance :

Seigneur, la loi la plus haute, la loi suprême
[...] Ce n'est pas la lettre de ta volonté ;
C'est la patrie, c'est la couronne,
C'est toi-même [...].
Que t'importe, je te prie, la règle [...] ?
La règle suprême, c'est celle qui le [l'ennemi] vainc !

*Kottwitz met aussi en avant la liberté et l'indépendance du soldat ; ces deux mots (*frei *et* unabhängig*) apparaissent dans le même vers, à l'acte V, scène 5 :*

Mon plaisir, ma joie, celle que je goûte
Librement et pour moi seul, en silence [...].

Cette revendication d'indépendance, inquiétante pour la solidité d'une armée, émane directement de Kleist[1]. *Elle est, d'évidence, destinée à justifier le comportement de Hombourg quand il a agi « sans concertation préalable*[2] *», ce que ne sauraient admettre les lois de l'État. Mais Kottwitz les subordonne à l'esprit patriotique et à l'enthousiasme conquérant. Instinct contre raison, individu contre collectivité, fragilité de la volonté contre les mauvais coups du sort : insurmontable antinomie.*

Hohenzollern succède à Kottwitz pour expliquer l'en-

1. Kleist le dit clairement dans les lettres où il annonce sa démission de l'armée (lettre à Christian Martini, du 19 mars 1799) ; voir la Notice, p. 200.

2. C'est le sens exact du mot *eigenmächtig*, acte V, scène 5.

chaînement des faits qui ont poussé Hombourg à la faute dès la première minute de sa rencontre avec l'Électeur. Celui-ci s'est joué de lui comme un dieu méchant, ce qui revient à distinguer la désobéissance, dont la responsabilité objective incombe au prince, de la culpabilité morale qui retombe sur l'Électeur. Cerné, pour ainsi dire, par sa nièce Natalie qui a, elle aussi, abusé de son autorité militaire ; par les arguments et les dragons de Kottwitz ; par les murmures désapprobateurs de son état-major ; par la dialectique serrée de son parent Hohenzollern, l'Électeur s'en sort par une pirouette mais il n'a guère d'autre issue que de pardonner.

Pardon que Hombourg refuse ! C'est sa volonté seule qui lui fait choisir la mort et, par elle, à la fois conquérir la gloire et exalter la Loi. Il est moins question d'obéissance que de victoire sur soi-même et sa propre démesure. En acceptant la sentence, il se libère de sa faute et d'une part de lui-même ; métaphoriquement, il libère son pays en lui traçant la voie d'un héroïsme affirmé une seconde fois : une fois guerrier à Fehrbellin, une fois mental devant le tribunal de l'Histoire. Triomphe sur soi-même et triomphe sur l'ennemi se succèdent sans transition dans sa tirade, comme si la liberté individuelle de Hombourg était la garantie de la liberté collective du Brandebourg. Dialectique parfaitement comprise par l'Électeur qui voit déjà le héros, tout mort qu'il sera, mener demain l'armée à la bataille. « Tu viens, vois-tu, de me donner la vie[1] ! » réplique Hombourg : par cette équivalence — qu'il faut prendre au pied de la lettre — de la vie et de la mort, toute contradiction est désormais surmontée. Le prince a conquis une ipséité où, en recouvrant sa

1. Acte V, scène 7.

liberté, il se soumet à la Loi et vice versa. *Il s'appartient désormais, pour lui seul, et sa monade n'a ni porte ni fenêtre : pas un mot pour Natalie*[1] *ni pour ses compagnons de combat. Quand on le « tue » en le sacrant, il n'en tire aucune joie visible. Rien ne dit qu'il participe à l'exaltation générale*[2]. *Échappant à toute prise, il est définitivement ailleurs. Il retourne à la nuit.*

« Est-ce un rêve ? » est son dernier mot. Ce qui ne veut pas dire : « C'est trop beau pour être vrai ; je n'en crois pas mes yeux », mais, possiblement : « Ce monde n'est pas le mien. » Le sien est celui-là même de Kleist qui, à la veille de son suicide, écrivait des lettres[3] *où, anticipant sur ce que dira plus tard André Breton, il laisse entendre qu'« il existe un certain point de l'esprit d'où la vie et la mort, le réel et l'imaginaire [...] cessent d'être perçus contradictoirement*[4] *». Factuellement, il y a bien reprise de la première scène de la pièce : même lieu, même nuit, mêmes attitudes, même cérémonial, même plaisanterie de mauvais goût qui consiste, d'un côté, à renvoyer le rêveur « au néant », de l'autre, à lui bander les yeux comme à un futur fusillé avant de le charger d'honneurs ! Quand « tous » sortent de scène pour aller en découdre avec les Suédois, dira-t-on qu'enfin rêve et réalité se sont rejoints et confondus dans une harmonie supérieure, acquise par le broyage de l'individu Hombourg ? À ce compte la pièce n'aurait servi qu'à déployer dans le temps la prophétie contenue et accomplie partiellement dans le geste suspendu de Natalie, geste saisi*

1. Le mot *hinweg* signifie à la fois « arrière ! » et « partons ! ».
2. Le premier « Tous » de la dernière scène ne l'inclut pas. Pourquoi faudrait-il qu'il participe au second ?
3. Voir la Notice, p. 202-203.
4. André Breton, *Deuxième manifeste du surréalisme* (1929), NRF Idées, 1963, p. 76-77.

dans la réalité visible du mouvement et dans la virtualité invisible du rêve — et déjà une part de l'invisible s'était concrétisée avec le gant dérobé. Boucle bouclée alors ? Je ne le pense pas : entre l'une et l'autre scène une conversion irréversible a eu lieu : Hombourg a vu la mort, il s'est vu mort ; il s'est insurgé contre cette vision puis il l'a acceptée. Il se réalise, mais par le rêve seul, hors du monde, libre et solitaire. Il n'est plus question de communauté, ni amoureuse ni militaire :

À présent, ô Immortalité, tu m'appartiens tout entière ! [...]
Pour moi toute vie sombre dans le crépuscule : [...]
Et tout n'est plus à présent que brouillard sous mes pieds.

L'instabilité du réel et la préférence que Kleist accorde au monde du rêve, pris pour le seul vrai monde — avec les conséquences désastreuses que la surimpression des deux peut provoquer —, apparaît déjà dans Penthésilée, *se marque davantage dans* La Petite Catherine de Heilbronn *et achève sa course dans* Le Prince de Hombourg. *Somnambule, Catherine finissait par être réintégrée dans la famille de l'Empereur par un heureux coup de la Providence ; somnambule, le prince ne parviendra pas à revenir dans la* gens *de l'Électeur, ni comme fiancé de Natalie ni comme général de cavalerie. C'est du moins l'hypothèse plausible que l'on peut dégager de son silence dans les dernières répliques de la pièce. Hypothèse renforcée par les confidences faites par le double de Hombourg, Kleist lui-même : il a décidé de façon nette et irréversible de tirer les conséquences de sa marginalité. Le suicide, pour lui, sanctionne — avec enthousiasme et non avec désespoir — son statut d'étranger à la vie. Si parcours initiatique il y a chez Hombourg, c'est d'initiation à l'absence définitive.*

On peut tenir le moment de renversement de la pièce, à la scène 1 de l'acte IV, pour le point crucial qui fera comprendre à Hombourg que mourir est le prix à payer pour conquérir la liberté de vivre dans son monde à lui. L'Électeur déclare :

S'il peut estimer que le verdict est injuste,
Je casse le jugement : il est libre !

Que le verdict ne soit pas injuste et que la faute soit avérée, la scène 5 de l'acte I l'annonce avec insistance, tout autant que la scène 5 de l'acte V, symétriquement, le rappelle en détail par la bouche de Hohenzollern. De même les scènes 1 à 4 de l'acte I sont en symétrie précise avec les scènes 10 et 11 de l'acte V : même incapacité de faire le départ entre le vécu et le rêvé. Le « Est-ce un rêve ? », dernière réplique du prince, répond au : « Quel rêve étrange ai-je rêvé ?! » de la scène 4 de l'acte I. Deux moments sont à distinguer dans le comportement du prince : le rêve qu'il vit les yeux ouverts tout en dormant et le commentaire qu'ensuite, éveillé, il en fait. La deuxième fois le rêve ne s'enfuit ni ne s'efface. Mais le commentaire qu'il en donne est le même, deux fois. Sa question est même confirmée par la réponse de Kottwitz : « Un rêve, quoi d'autre ? »

Voilà le prince définitivement hors jeu : non pas exclu de la communauté militaire et de la réalisation de ses désirs amoureux, mais renvoyé dans son monde à lui où, par la mort seule, la volonté de rêver a les moyens de s'exercer librement. Peut-être, avec Le Prince de

Hombourg, *s'agit-il plus d'une expérience que d'une œuvre au sens de travail achevé qu'implique ce mot*[1]. *Illusoirement, Hombourg courait après son rêve à la scène 2 de l'acte I, comme s'il pouvait mélanger les deux mondes; il n'avait alors saisi qu'un gant, forme vide d'une main. Il a vu ensuite ce qu'il lui en coûtait d'être au monde sans y être vraiment. Confusion quasi mortifère dont il ne sort vivant qu'en retournant à son rêve, mais virtuellement mort, comme il le confirme, en acceptant sa condamnation, par son : « Tu viens, vois-tu, de me donner la vie*[2] *! » et par son adresse à l'immortalité où il se voit déjà loin, très loin, de la vie. À s'en tenir strictement au texte, il est difficile de lire autrement le dénouement.*

Désormais Frédéric se tait. Il ne redescendra plus sur terre. Comme Sisyphe, faut-il imaginer Frédéric, prince de Hombourg, heureux ? Pas même : insaisissable.

---

1. Dans une lettre à Marie von Kleist de l'été 1811, l'auteur du *Prince* s'explique sur la tournure de son esprit qui l'empêche de fixer ses représentations de façon nette : « Aussi active que soit mon imagination en face du papier blanc, aussi nets dans leur contour et leur couleur que soient les personnages qu'elle fait alors surgir, autant j'ai de difficulté, voire régulièrement de douleur, à me représenter ce qui est réel. C'est comme si cette lucidité de mon instinct créateur, déterminée dans toutes ses prémisses, m'entravait au moment de passer à l'acte. Je ne peux, troublé par une profusion de formes, parvenir à aucune clarté dans la vision intérieure; l'objet, je ne cesse de le sentir, n'est pas un objet de l'imagination; c'est avec mes sens que je voudrais, dans sa présence véritable et vivante, le pénétrer et le saisir », *Correspondance, Œuvres complètes,* tome V, Gallimard, Le Promeneur, 2000, p. 448. Rendre compte d'expériences est le propre du roman, non du théâtre.

2. Acte V, scène 7.

Jeux d'espaces et de temps

Le statut du prince, marginal et lourd de conséquences (malentendus, exclusion, erreurs de jugement...), résulte du fait qu'il ne vit pas, le plus souvent, dans le temps et l'espace des autres : il est absent, ailleurs ; il est absorbé par le passé ou par des visions virtuelles à l'heure où il lui faudrait partager le présent / futur de ses camarades de combat. Le heurt de ces deux niveaux inconciliables est alors producteur d'échecs ou pire. Une seule fois, au dénouement, mais sans que le prince y soit pour quelque chose, les deux ensembles temps / espace se confondront dans une perspective de futur heureux qui, comme par hasard, se réalisera au-delà du temps / espace de la pièce, qui est aussi le temps et l'espace des spectateurs. Ce qui, selon moi, interdit d'accéder à la dimension surhumaine de ce temps et de cet espace autres et d'en tirer quelque argument positif sur la réintégration de Hombourg dans l'armée et dans le quotidien des affects.

Les temps et les espaces, vécus par le prince d'une part et tous les autres d'autre part, divergent presque constamment. Ceux de l'armée (état-major, troupe sur le champ de bataille) sont ceux du présent et de la présence. Le prince y contrevient en étant ailleurs dans son rêve ou en se projetant, par sa vision de gloire, dans ce qui se révélera futur. Les deux temps se rapprochent, une fois, avec les gestes de l'Électeur maniant la couronne, puis se séparent brutalement, laissant cependant une trace (le gant) qui, étant venue du passé récent, va gangrener le présent de la réunion d'état-major. Un mot désigne assez bien, pendant tout l'acte I, la situation (au sens moral et physique) du prince : il est perdu. Il ne sait pas où il en est, il ne sait pas où il est. Tout le dialogue avec Hohenzollern à la scène 4 est rempli des questions d'un homme en perte totale de ses repères : « je ne sais où je suis », reconnaît-il. Non seulement il a perdu le sens de l'orientation mais sa mémoire lui fait défaut pour se souvenir de la « troisième » personne qui, élevant la couronne transmise par l'Électeur, « allait couronner un héros », lui-même bien sûr. L'espace du rêve n'obéit pas à la géométrie, il s'effiloche et se dissout. Quant aux deux temps, ils seraient sur le point de coïncider à la fin de cette scène 4 : Hombourg tient à la main le gant qu'il vient de saisir à « la douce créature de rêves » mais, malignement, Hohenzollern, au lieu de lui dire la vérité, le renvoie en arrière en lui suggérant que ce gant est le reste d'un « rendez-vous galant, en réalité passé » qu'il a eu avec quelque fille légère, la Platen ou la Ramin. Lequel Hohenzollern enfonce encore davantage le prince dans la confusion en lui disant que l'Électrice et sa nièce sont « parties depuis longtemps » alors qu'elles étaient là à l'instant.

En somme, le malheureux prince est victime de son instabilité mentale tout autant que de ceux (l'Électeur et Hohenzollern) qui se jouent de lui dans ses rapports au temps et à l'espace, dès la première scène de la pièce. La scène 5 ne fait qu'aggraver le divorce entre les deux perceptions spatio-temporelles. L'état-major prépare la bataille du lendemain et tout le monde répond : « Présent ! » Seul Hombourg le fait avec un temps de retard; il est manifestement « ailleurs », ce que tous les officiers constatent et commentent. Avec le gant il est dans le passé (des scènes 1 et 4 de l'acte I) qu'il rapproche de la présence *de Natalie, ce qui mobilise son esprit tout entier. La fin de l'acte I (scène 6) confirme que le prince est complètement désaxé, se préparant non à bousculer les ennemis mais à renverser « la corne d'abondance » de la Fortune pour y puiser des trésors à lui seul destinés. Curieuse perspective pour un chef de guerre!*

À l'acte II, rien ne va mieux lors de la mise en place des corps d'armée : Hombourg croit à gauche ce qui est à droite et vice versa. *Confusion sans gravité : la bataille s'engage. Le prince commet alors une grave faute de temps : comme en musique, il part trop tôt, ce qui crée la cacophonie, le désordre dans le bon* tempo *de la bataille, telle que l'avait conçue l'Électeur. Il avait programmé d'en faire une victoire décisive; elle ne donnera lieu qu'à une réussite partielle et à... une promesse de passage en cour martiale pour le contrevenant. Indépendamment du cas de Hombourg, il faut apprécier combien le militaire de carrière qu'a été Heinrich von Kleist sait, par teichoscopie*[1]*, faire voir l'invisible (la rivière, le village et son clocher, les retranchements, le vallon, les mouvements des troupes ennemies), sans parler des bruits de la canonnade, du feu et des fumées. Point n'est besoin de prolonger davantage la scène : le prince est sorti du temps ordonné pour entrer dans le temps de l'emportement passionnel; de ce temps aussi on peut dire qu'il est* out of joint[2].

Chose remarquable dans la composition : Kleist ménage un temps de repos et de répit dans un espace hors jeu (une maison paysanne) pour permettre à Hombourg de construire son château en Espagne, en l'occurrence

1. La teichoscopie est un procédé d'écriture théâtrale qui permet de visualiser ce qui est invisible et se passe au moment même où le récit en rend compte.

2. Réflexion d'Hamlet sur « le temps disloqué » (trad. de Jean-Michel Déprats, Gallimard, Folio théâtre) qu'il est en train de vivre (acte I, scène 5).

son prochain mariage avec Natalie et, qui sait, sa probable promotion au rang d'Électeur… puisque l'Électeur en titre vient de mourir, annonce-t-on. Le fait que cette maison soit hors de l'espace aristocratique et de ses occupants habituels favorise le décrochage temporel et l'accélération du rêve. L'Électrice s'y prête avec réticence, Natalie avec enthousiasme (scènes 3 à 6 de l'acte II). Même si le prince parle au conditionnel (« Je vous dirais »), il exprime néanmoins un souhait qui est presque un ordre (« Enlacez vos rameaux… »). Le futur est déjà là : « je serai / L'exécuteur de sa [de l'Électeur] dernière volonté. »

Le temps de la réalité ne convient guère à Hombourg : manifestement il est en retard (son rêve d'amour en est la cause) d'une information (armistice, négociations de paix) et il continuera à l'être puisqu'il se voit déjà escalader les étoiles (scènes 7 et 8). Non seulement, à la scène 10, il déchante devant l'attitude hostile de l'Électeur, mais il ne comprend pas. Alors que l'Électeur s'appuie sur l'intemporalité de la Loi qui s'impose en toutes circonstances (scène 9), lui s'en tient aux conséquences présentes (les drapeaux ennemis saisis) de la charge (passée) de sa cavalerie, liant deux temps vécus qui ne peuvent s'accorder avec le hors-temps de la Loi. Voyant son temps vivant réduit à néant par un Électeur qui, volontairement, s'absente à lire son courrier, le prince ne peut que lancer : « Est-ce un rêve ? Suis-je éveillé ? », comme pour effacer ce qu'il vient de subir et, pas du tout comme à l'acte I, pour anticiper sur sa gloire prochaine. Sa faute de temps efface sa victoire, ce qu'il ne peut ni concevoir ni accepter ; d'où sa tirade vengeresse et destructrice contre le nouveau Brutus qu'est l'Électeur. Ils ont beau être dans le même espace, leurs temps sont trop éloignés pour que

Hombourg trouve, pour situer son « cousin Friedrich », une autre référence que l'antiquité mythique des vertus inhumaines.

Le divorce entre l'espace / temps de l'armée brandebourgeoise et celui du prince est à son comble un long moment au début de l'acte III : en prison et déjà condamné à la peine capitale, donc enfermé dans un espace et un temps clos, il se croit seulement mis par l'Électeur en réserve de l'État, dans un abri discret, le temps qu'on satisfasse à la légalité, sans rien retrancher de l'admiration qu'on lui porte. Quand il est désillusionné par Hohenzollern, le plus étrange est qu'il reste encore victime de la même erreur d'accommodation spatio-temporelle : il se croit coupable d'un agissement (sa prétention à la main de Natalie) sans rapport avec l'espace et le temps de sa faute militaire. Et quand il se précipite chez l'Électrice, c'est pour effacer ce passé et pas du tout ce qui est la cause de sa condamnation : il se sent victime d'une disgrâce alors qu'il est coupable d'un crime. Il suffit de citer la phrase de l'Électrice lorsque le prince surgit chez elle : « Prince ! Que cherchez-vous ici ? » *pour prendre toute la mesure du malentendu spatial et, peu de répliques plus loin, temporel :*

> Je ne la [Natalie] désire plus, dans mon cœur
> Toute tendresse pour elle est éteinte.

Autrement dit, tout le passé amoureux qui le liait à Natalie est, pour lui et par lui, aboli. Quant à l'avenir qu'il se propose, c'est celui d'un autre Frédéric, métamorphosé en fermier. On peut même dire que l'avenir qu'il envisage pour Natalie ressortit au même délire (acte III, scène 5). Comme il a l'assurance (et il ne se trompe pas !)

que Natalie est la personne la mieux placée pour amadouer l'Électeur et le détromper quant à ses relations avec lui, Frédéric Arthur, il se place, en attendant le résultat de sa démarche (scène 3 de l'acte IV), en état de vacance : il flotte dans un entre-deux d'espace et de temps, à mi-distance du ciel et du tombeau, sceptique à l'égard des « champs plus colorés » que le soleil illumine. Scène cruciale et unique, où le prince apparaît désancré, en suspens, dans une sorte d'immobilité spatio-temporelle faite de ni..., ni... Point d'équilibre et de neutralité évidemment fragile. L'arrivée de Natalie fait tout basculer.

Après que, en amante rusée, Natalie est venue lui annoncer la bonne nouvelle de sa libération en lui cachant aussi longtemps que possible un codicille qui remet tout en question, Hombourg reconnaît le bien-fondé de sa condamnation. S'il le fait, c'est sans doute qu'en remontant le temps, il se remet dans l'état d'esprit de la bataille de Fehrbellin où, emporté par l'orgueil, il balayait toute contrainte. C'est par orgueil[1] *encore et avec la même liberté de décision qu'il accepte d'être fusillé. C'est en vainqueur de Fehrbellin qu'il mourra. On assiste alors au* climax *de l'héroïsme partagé : Hombourg adhère au temps et à l'espace de la bataille et de l'armée brandebourgeoise et l'Électeur est censé se mettre au même niveau. Quant à Natalie, elle retrouve son aimé tel que son image grandiose s'est fixée en elle lors de la scène amoureuse d'engagement*

1. Généralement, l'idée d'orgueil est prise par le prince en bonne part. Or, à l'acte V, scène 7 (p. 180), le mot « orgueil » est pris en mauvaise part. C'est pourquoi nous proposerions, pour éviter une ambiguïté, de traduire *Übermut* plutôt par « exubérance », « emportement », défauts que le prince assume et dont il entend se débarrasser, tandis qu'il tient à son orgueil comme composante essentielle de sa personnalité et comme condition de sa gloire.

mutuel (scène 6 de l'acte I). Nul obstacle spatio-temporel ne la séparant plus de lui, elle adhère à son choix et lui lance ce mot d'amour charnel : « tu me plais! »

À une lecture rapide, l'acte V, dans ces conditions, peut donner le sentiment d'être superfétatoire dans la symétrie très exacte qu'il établit avec l'acte I. Néanmoins le rêve de gloire qui, à la scène 1 de l'acte I, était chimérique prend corps pour le prince, dût-il le payer de sa vie. Hombourg revient au régime nocturne qui lui convient le mieux et y attire le régime diurne de l'Électeur et de sa cour. Comme on vient de lui donner « la vie » en le mettant, fantôme, à la tête des armées; comme on vient de lui assurer que Natalie ne sera pas vendue aux Suédois, il devient non seulement l'arbitre du destin de son aimée mais le maître de l'avenir du Brandebourg, dans son espace et son temps à lui, où il avance seul. Par l'immortalité qui l'attend, il échappe au temps pour s'installer dans un présent permanent de chef de guerre et de fiancé de Natalie : « [...] elle est *la fiancée du prince von Homburg », déclare l'Électeur au moment où tout un chacun s'attend à l'exécution prochaine de Frédéric.*

La victoire du prince n'est pas de ce monde : son espace est celui de la liberté et son temps celui de l'éternité. Il quitte la sphère théâtrale dont les paramètres majeurs de l'espace et du temps déterminent le volume et la durée : libre à chacun de suivre Hombourg en imagination, après la chute du rideau, ou de l'abandonner à son rêve.

MICHEL CORVIN

Le Prince Friedrich von Homburg[1]

DRAME[2]

Traduction d'Irène Kuhn et Pierre Deshusses.

À Son Altesse royale
la Princesse
Amalie Marie Anne,
épouse du Prince Wilhelm de Prusse,
frère de Sa Majesté le Roi,
née Princesse de Hesse-Homburg[1].

Les yeux tournés vers le ciel, dans la foule qui se presse,
Le barde avec ferveur pince les cordes de sa lyre.
Tantôt sa musique réconforte, tantôt elle blesse,
Et d'une telle réponse, il ne peut se réjouir.
Mais dans le cercle de la foule il imagine celle
À qui s'attachent les sentiments de son cœur :
Elle seule entre ses mains tient le prix qui lui revient
Et si elle le couronne, tous le couronneront.

PERSONNAGES[1]

FRIEDRICH WILHELM, *Grand Électeur de Brandebourg.*

L'ÉLECTRICE.

LA PRINCESSE NATALIE VON ORANIEN, *sa nièce, chef d'un régiment de dragons.*

LE MARÉCHAL DÖRFLING.

LE PRINCE FRIEDRICH ARTHUR VON HOMBURG, *général de cavalerie.*

LE COLONEL KOTTWITZ, *du régiment de la princesse von Oranien.*

HENNINGS, *colonel d'infanterie.*

LE COMTE TRUCHSS, *colonel d'infanterie.*

LE COMTE HOHENZOLLERN, *de la suite du Grand Électeur.*

LE CAPITAINE DE CAVALERIE VON DER GOLZ.

LE COMTE GEORG VON SPARREN.

STRANZ
SIEGFRIED VON MÖRNER } *capitaines de cavalerie.*
LE COMTE REUSS

UNE ORDONNANCE.

DES OFFICIERS, CAPORAUX, CAVALIERS, GENTILS-HOMMES, DAMES D'HONNEUR, PAGES, HEIDUQUES, SERVITEURS, HOMMES ET FEMMES DU PEUPLE DE TOUS ÂGES.

ACTE I

La scène : Fehrbellin. Un jardin à la française. À l'arrière-plan, un château qu'une rampe relie au jardin. — Il fait nuit.

SCÈNE I

Le prince von Homburg est assis sous un chêne, tête nue et poitrine découverte ; somnolant à demi, il tresse une couronne. L'Électeur, son épouse, la princesse Natalie, le comte von Hohenzollern, le capitaine de cavalerie Golz et d'autres personnes sortent discrètement du château et regardent le prince du haut de la balustrade. Des pages portent des flambeaux.

LE COMTE VON HOHENZOLLERN

Le prince von Homburg, notre vaillant cousin,
À la tête de la cavalerie, trois jours durant
A allègrement poursuivi les Suédois en déroute,
Ne réapparaissant qu'aujourd'hui, hors d'haleine,
À notre quartier général de Fehrbellin :

Ne lui as-tu pas donné l'ordre de ne s'attarder ici
Que trois heures seulement, le temps de fourrager,
Et de pousser aussitôt jusqu'aux monts Hackel
Afin de se porter à la rencontre de Wrangel,
Qui a tenté de se retrancher sur les bords de la Rhyne ?

L'ÉLECTEUR

C'est bien ça !

HOHENZOLLERN

Après avoir donné aux chefs de tous les escadrons
La consigne de quitter la ville à dix heures sonnantes,
Conformément aux instructions, le voilà qui se jette
Sur la paille, fourbu, haletant comme un chien de chasse,
Afin de reposer un peu, avant la bataille qui nous attend
Aux premières lueurs du jour, ses membres épuisés.

L'ÉLECTEUR

C'est ce qu'on m'a dit. — Et alors ?

HOHENZOLLERN

Lorsque sonne l'heure
Et que toute la cavalerie en selle
Piétine le champ devant les portes de la ville,
Seul manque — qui donc ? le prince von Homburg, son chef.
À la lumière des flambeaux et des lanternes
On cherche le héros — et où le trouve-t-on ?

Il prend le flambeau que tient un page.

Tel un somnambule[1], vois, sur ce banc
Où dans son sommeil, tu ne voulais pas le croire,
Le clair de lune[2] l'a attiré, occupé en rêvant
À tresser, à l'égal de sa postérité,
La somptueuse couronne de la gloire.

L'ÉLECTEUR

Comment !

HOHENZOLLERN

Si ! Regarde : il est assis là en bas !

Il l'éclaire du haut de la rampe.

L'ÉLECTEUR

Plongé dans le sommeil ? Impossible !

HOHENZOLLERN

Dans un sommeil profond !
Appelle-le par son nom et il tombe[3].

Un temps.

L'ÉLECTRICE

Ce jeune homme est malade, j'en suis certaine.

LA PRINCESSE NATALIE

Il lui faut un médecin !

L'ÉLECTRICE

Il faudrait l'aider, il me semble,
Plutôt que de rester là à se moquer !

HOHENZOLLERN, *rendant le flambeau au page.*

Vous compatissez, mesdames, mais il est en parfaite santé,
Ce qui n'est plus mon cas, par Dieu ! Le Suédois demain
S'en apercevra lorsque nous l'affronterons sur le champ de bataille !
Ce n'est rien de plus, croyez-moi,
Qu'un simple égarement de son esprit.

L'ÉLECTEUR

Vraiment ! Je croyais à un conte ! — Suivez-moi, mes amis,
Et allons l'observer d'un peu plus près.

Ils descendent la rampe.

UN GENTILHOMME, *aux pages.*

Arrière, flambeaux !

HOHENZOLLERN

Laissez, laissez, mes amis !
Le parc tout entier pourrait flamber,
Son esprit n'en serait pas plus affecté
Que le diamant qu'il porte au doigt.

Ils l'entourent ; les pages éclairent la scène.

L'ÉLECTEUR, *penché sur lui.*

Quel est ce feuillage qu'il tresse ? — des feuilles de saule ?

HOHENZOLLERN

Comment ! Des feuilles de saule ? Ô Altesse ! — Du laurier,
Comme il en a vu à Berlin sur les portraits des héros
Qui ornent la salle d'armes.

L'ÉLECTEUR

— Où a-t-il bien pu le trouver dans les sables de mon Brandebourg ?

HOHENZOLLERN

Les dieux seuls le savent !

LE GENTILHOMME

Au fond du parc peut-être, où le jardinier
Cultive d'autres plantes exotiques encore.

L'ÉLECTEUR

Par le ciel, c'est vraiment curieux ! Mais que nous importe
De savoir ce qui agite le cœur de ce jeune fou !

HOHENZOLLERN

Oh — quoi ! La bataille de demain, Altesse !
Je parie qu'en songe il voit déjà des astrologues[1]
Avec des soleils lui tresser la couronne de la victoire.

Le prince regarde la couronne.

LE GENTILHOMME

Voilà, il a fini !

HOHENZOLLERN

Quel dommage, quel grand dommage
Qu'il n'y ait pas de miroir à l'entour !
Il s'en approcherait, coquet comme une jeune fille,
Et essayerait la couronne, la tournant et la retournant,
Telle une coiffe de fleurs.

L'ÉLECTEUR

Par Dieu ! Je veux voir jusqu'où il ira !

L'Électeur lui prend la couronne des mains ; le prince von Homburg rougit et le regarde. L'Électeur entoure la couronne de la chaîne qu'il porte au cou et la remet à la princesse ; le prince se lève vivement. L'Électeur recule avec la princesse qui tient la couronne en l'air[1]. *Le prince la suit, les bras tendus vers elle.*

LE PRINCE VON HOMBURG, *murmurant.*

Natalie ! Ma bien-aimée ! Ma fiancée !

L'ÉLECTEUR

Vite ! Partons !

HOHENZOLLERN

Que dit ce fou ?

LE GENTILHOMME

Qu'a-t-il dit ?

Ils remontent ensemble la rampe.

LE PRINCE VON HOMBURG

Friedrich ! Mon prince ! Mon père !

HOHENZOLLERN

Enfer et damnation !

L'ÉLECTEUR, *sortant à reculons.*

Ouvre-moi simplement la porte !

LE PRINCE VON HOMBURG

Ô ma mère !

HOHENZOLLERN

Le fou furieux ! Il est —

NATALIE

Qui appelle-t-il ainsi ?

LE PRINCE VON HOMBURG, *tentant de se saisir de la couronne.*

Ô ma bien-aimée ! Pourquoi me fuis-tu ? Natalie !

Il parvient à s'emparer d'un gant de la princesse.

HOHENZOLLERN

Ciel et terre ! Qu'a-t-il pris ?

LE GENTILHOMME

La couronne ?

NATALIE

Non, non !

HOHENZOLLERN *ouvre la porte.*

Vite, par ici, mon prince !
Que s'efface de sa mémoire la scène à laquelle il vient d'assister !

L'ÉLECTEUR

Qu'avec toi tout cela retourne au néant, prince von Homburg !
Au néant, au néant ! Sur le champ de bataille,
Si tu le veux bien, nous nous reverrons !
Ce n'est pas en rêve que l'on gagne ces choses-là !

Tout le monde sort ; la porte se referme à grand bruit devant le prince.
Silence.

→ 2 mondes ?

SCÈNE II

Le prince von Homburg reste un moment immobile devant la porte, l'air stupéfait. Puis il descend la rampe, songeur, la main tenant le gant appuyée contre son front. Aussitôt arrivé en bas, il se retourne et lève les yeux vers la porte.

SCÈNE III

Le comte von Hohenzollern arrive par en bas, empruntant une grille. Il est suivi par un page. — Le prince von Homburg.

LE PAGE, *à voix basse.*

Monsieur le comte, écoutez-moi ! Monsieur le comte !

HOHENZOLLERN, *agacé.*

Silence, cigale ! — Eh bien ? Qu'y a-t-il ?

LE PAGE

Je viens de la part — !

HOHENZOLLERN

Ne le réveille pas avec tes stridulations !
— Eh bien, qu'y a-t-il ?

LE PAGE

C'est l'Électeur qui m'envoie !
Quand le prince se réveillera, il vous prie
De ne pas lui souffler mot de la plaisanterie
Qu'il vient de se permettre avec lui !

HOHENZOLLERN, *à voix basse.*

Eh ! va plutôt t'allonger dans les blés
Et dors tout ton soûl ! Je le savais ! Allez, disparais !

Le page sort.

SCÈNE IV

Le comte von Hohenzollern et le prince von Homburg.

HOHENZOLLERN, *se plaçant à quelque distance derrière le prince qui continue de regarder fixement vers le haut de la rampe.*

Arthur[1] !

Le prince s'effondre.

Le voilà étendu là; une balle n'aurait pu toucher plus juste !

Il s'approche de lui.

Je serais curieux d'entendre à présent la fable
Qu'il va inventer pour m'expliquer
Pourquoi il est venu dormir ici.

Il se penche sur Homburg.

Hé ! Arthur ! Es-tu fou ? Que fais-tu là ?
Pourquoi te trouves-tu ici au milieu de la nuit ?

LE PRINCE VON HOMBURG

Ah ça, mon ami !

HOHENZOLLERN

Oui, vraiment, c'est étonnant !
La cavalerie que tu commandes
Est partie voilà déjà une heure,
Et toi, tu es ici dans le parc et tu dors.

LE PRINCE VON HOMBURG

Quelle cavalerie ?

HOHENZOLLERN

Les Mamelouks[1] ! —
Ma parole, aussi vrai que je respire, il ne sait plus
Qu'il est colonel de la cavalerie du Brandebourg ? !

LE PRINCE VON HOMBURG *se lève.*

Vite ! Mon casque ! Ma cuirasse !

HOHENZOLLERN

Oui, où sont-ils ?

LE PRINCE VON HOMBURG

À droite, Heinz, à droite ; sur le tabouret !

HOHENZOLLERN

Où ? Sur le tabouret ?

LE PRINCE VON HOMBURG

Oui, c'est là que je les ai posés, il me semble — !

HOHENZOLLERN, *le regardant.*

Dans ce cas, va les reprendre !

LE PRINCE VON HOMBURG

— Qu'est-ce que ce gant ?

Il regarde le gant qu'il tient à la main.

HOHENZOLLERN

Ce que j'en sais ! —

À part.

Malédiction ! Il l'a pris là-haut,
À la nièce de la princesse, sans qu'elle s'en aperçoive.

S'interrompant.

Allons, vite ! Va-t'en ! Pourquoi traînes-tu ? Partons !

LE PRINCE VON HOMBURG *jette le gant.*

Tout de suite, tout de suite ! —
Hé, Franz ! Ce coquin devait me réveiller !

HOHENZOLLERN *le regarde.*

Il est complètement fou !

LE PRINCE VON HOMBURG

Ma parole !
Mon cher Heinrich, je ne sais où je suis.

HOHENZOLLERN

À Fehrbellin, distrait rêveur ;
Dans l'une des allées latérales du parc
Qui s'étend derrière le château !

LE PRINCE VON HOMBURG, *à part.*

Que la nuit m'engloutisse ! Inconscient,
J'ai à nouveau erré au clair de lune !

Il se reprend.

Pardonne-moi ! Je me souviens à présent. Tu sais qu'hier
Avec cette chaleur il était impossible de rester au lit.
Épuisé, je me suis glissé dans ce jardin,
Et comme la nuit si tendrement m'enlaçait
De sa chevelure blonde toute ruisselante de parfums,
Ah ! tel l'amant sur le sein de sa fiancée persane
Je me suis allongé ici dans son giron.
— Quelle heure est-il donc à présent ?

HOHENZOLLERN

Onze heures et demie.

LE PRINCE VON HOMBURG

Et tu dis que les escadrons sont déjà partis ?

HOHENZOLLERN

Évidemment ! À dix heures précises, comme prévu !
Le régiment de la princesse von Oranien,
À leur tête, a sans nul doute
Déjà atteint les hauteurs de Hackelwitz
Où demain, face à Wrangel, ils doivent couvrir
Le déploiement silencieux de l'armée.

LE PRINCE VON HOMBURG

Qu'importe ! C'est le vieux Kottwitz qui est à leur tête,
Et il connaît dans le détail tous les objectifs de cette marche.
De plus, il m'aurait fallu revenir
Au quartier général à deux heures du matin
Pour y prendre les instructions :
Mieux valait donc rester sur place.
Viens, partons ! L'Électeur sait-il quelque chose ?

HOHENZOLLERN

Quelle question ! Il est au lit depuis longtemps et dort[1].

Ils veulent partir; le prince hésite, fait demi-tour et ramasse le gant.

LE PRINCE VON HOMBURG

Quel rêve étrange ai-je rêvé ? ! —
Il me semblait qu'un château royal,
Tout étincelant d'or et d'argent, s'ouvrait soudain,
Et que du haut de sa rampe de marbre
Toute la ronde de ceux
Que mon cœur chérit venait vers moi :
L'Électeur et la princesse et — la troisième
— Quel est son nom déjà[2] ?

HOHENZOLLERN

Qui donc ?

LE PRINCE VON HOMBURG *semble chercher.*

Celle — à qui je pense !
Un muet de naissance serait capable de la nommer !

HOHENZOLLERN

La Platen ?

LE PRINCE VON HOMBURG

Mais non, cher ami !

HOHENZOLLERN

Ramin ?

LE PRINCE VON HOMBURG

Non, mais non, mon ami !

HOHENZOLLERN

Bork ? Winterfeld ?

LE PRINCE VON HOMBURG

Mais non, mais non, je t'en prie. L'anneau
Te cache la perle qu'il enchâsse.

HOHENZOLLERN

Que diable, parle ! Peut-on deviner le visage ?
— À quelle dame penses-tu ?

LE PRINCE VON HOMBURG

Qu'importe ! Qu'importe !

Le nom m'est sorti de la tête depuis que je suis réveillé,
Et d'ailleurs il n'apporte rien de plus.

HOHENZOLLERN

Bien ! Alors poursuis !

LE PRINCE VON HOMBURG

Mais ne m'interromps pas ! —
Et lui, l'Électeur, le front semblable à celui de Zeus,
Tenait une couronne de laurier à la main :
Il vient vers moi, s'arrête à hauteur de mon visage,
Et comme pour enflammer mon âme tout entière
Il enroule autour d'elle la chaîne qui pend à son cou
Et la donne, afin qu'elle la pose sur ma tête
— Ah, mon ami !

HOHENZOLLERN

À qui ?

LE PRINCE VON HOMBURG

Ah, mon ami !

HOHENZOLLERN

Allons, parle !

LE PRINCE VON HOMBURG

— Sans doute était-ce la Platen.

HOHENZOLLERN

La Platen ? Comment ! Qui est en Prusse en ce moment ?

LE PRINCE VON HOMBURG

La Platen. Vraiment. Ou la Ramin.

HOHENZOLLERN

Ah ! la Ramin ! Comment ? La rouquine ! —
La Platen avec ses yeux coquins couleur de violette !
Celle-là, on le sait, elle te plaît !

LE PRINCE VON HOMBURG

Oui, elle me plaît. —

HOHENZOLLERN

Et c'est elle, dis-tu, qui t'a tendu la couronne ?

LE PRINCE VON HOMBURG

Très haut, tel un génie de la gloire,
Elle lève la couronne où se balançait la chaîne,
Comme si elle allait couronner un héros[1].
Et moi, bouleversé par l'émotion,
Je tends les mains pour la saisir :
À ses pieds je veux me prosterner.
Cependant, tel le parfum flottant sur les vallées
Qui se dissipe au souffle d'un vent frais,
Tout le cortège se retire, gravissant la rampe.
Comme je m'y engage à mon tour, la rampe s'allonge
Sans fin, jusqu'aux portes du ciel.
Anxieux, à droite, à gauche je tente de saisir
L'un de ces êtres qui me sont chers.
En vain[2] ! Le portail du château s'ouvre soudain ;
Jaillissant de l'intérieur, un éclair les engloutit ;
À grand bruit le portail se referme :
Un gant, voilà tout ce que, dans ma poursuite,
Je parviens à enlever au bras de la douce créature de rêves :
Et c'est un gant, dieux tout-puissants,
Qu'au réveil je tiens dans ma main.

HOHENZOLLERN

Ma parole ! — Et tu penses à présent que ce gant
Est à elle ?

LE PRINCE VON HOMBURG

À qui ?

HOHENZOLLERN

Eh bien, à la Platen !

LE PRINCE VON HOMBURG

À la Platen. En effet. Ou la Ramin. —

HOHENZOLLERN *rit.*

Ô le coquin que tu fais, toi et tes visions !
Qui sait de quel rendez-vous galant, en réalité passé
Tout éveillé avec une personne de chair et d'os,
Te vient ce gant qui reste dans tes mains !

LE PRINCE VON HOMBURG

Quoi ! Moi ? Par mon amour — !

HOHENZOLLERN

Allons bon, au diable,
Après tout, qu'importe que ce soit la Platen
Ou la Ramin ! Dimanche, le courrier part pour la Prusse,
Tu y apprendras de la manière la plus directe
Si ce gant fait défaut à ta belle. —
Partons ! Il est minuit. Que restons-nous plantés là à bavarder ?

LE PRINCE VON HOMBURG,
poursuivant sa rêverie.

— Tu as raison. Allons nous coucher.
Mais il y a autre chose que je voulais te dire, mon ami :
L'Électrice et sa nièce, l'adorable princesse von Oranien,
Arrivées récemment dans notre camp,
Sont-elles toujours ici ?

HOHENZOLLERN

Pourquoi ? — Je crois bien que ce fou — ?

LE PRINCE VON HOMBURG

Pourquoi ? —
J'étais chargé, tu le sais, de fournir trente cavaliers
Afin de les escorter hors du champ de bataille,
Et c'est à Ramin que j'ai dû en donner l'ordre.

HOHENZOLLERN

Allons donc ! Elles sont parties depuis longtemps,
Parties ou sur le point de partir ! Ramin du moins, fin prêt
Pour le départ, a passé la nuit près du portail.
Mais allons ! Il est minuit, et j'aimerais
Prendre quelque repos avant que commence la bataille.

Tous deux sortent.

Même lieu. Une salle dans le château.
Au loin, on entend des coups de feu.

SCÈNE V

Conduites par un gentilhomme, l'Électrice et Natalie en tenue de voyage entrent et s'assoient sur le côté. Dames d'honneur. Puis arrivent l'Électeur, le maréchal Dörfling, le prince von Homburg, le gant glissé dans son pourpoint, le comte von Hohenzollern, le comte Truchss, le colonel Hennings, le capitaine de cavalerie von der Golz et plusieurs autres généraux, colonels et officiers.

L'ÉLECTEUR

Que signifient ces coups de feu ? — Est-ce Götz ?

LE MARÉCHAL DÖRFLING

C'est le colonel Götz, mon Prince et seigneur,
Qui hier nous a précédés avec l'avant-garde.
Il a déjà dépêché un officier
Afin que d'avance il te rassure à ce propos.
Un poste suédois, un millier d'hommes,
A poussé jusqu'aux monts Hackel ;
Mais Götz répond de ces positions
Et me fait savoir que tu dois procéder
Comme si son avant-garde les occupait déjà.

L'ÉLECTEUR, *aux officiers.*

Messieurs, le maréchal connaît le plan de bataille ;
Prenez vos crayons, je vous prie, et notez.

Les officiers se regroupent de l'autre côté de la scène autour du maréchal et sortent leurs tablettes.

L'ÉLECTEUR, *s'adressant au gentilhomme.*

Ramin a-t-il avancé la voiture ?

LE GENTILHOMME

Un instant, monseigneur. — On est en train d'atteler.

L'ÉLECTEUR, *s'asseyant sur une chaise derrière l'Électrice et la princesse.*

Ramin conduira ma chère Elisa,
Escorté de trente solides cavaliers.
Vous autres irez au château de mon chancelier Kalkhuhn,
Près de Havelberg, sur l'autre rive du fleuve,
Où plus aucun Suédois n'ose s'aventurer. —

L'ÉLECTRICE

A-t-on rétabli le bac ?

L'ÉLECTEUR

À Havelberg ? — Les dispositions sont prises.
D'ailleurs il fera déjà jour quand vous arriverez.

Silence.

Natalie est bien silencieuse. Qu'y a-t-il,
Ma douce enfant ?

NATALIE

J'ai peur, mon cher oncle.

L'ÉLECTEUR

Et pourtant, ma petite fille est en sécurité,

Elle ne l'était pas davantage dans le ventre de sa mère.

Silence.

L'ÉLECTRICE

Quand crois-tu que nous nous reverrons ?

L'ÉLECTEUR

Si Dieu m'offre la victoire, ce dont je ne doute pas,
Dans les jours qui viennent probablement.

Des pages arrivent et servent un petit déjeuner aux dames. — Le maréchal Dörfling dicte ses instructions. — Le prince von Homburg, ses tablettes et son crayon à la main, regarde fixement les dames.

LE MARÉCHAL

Le plan de bataille que Son Altesse a imaginé,
Messieurs les colonels, a pour objet
De disperser complètement l'armée suédoise
En fuite et de couper la tête de pont
Qui couvre ses arrières sur la Rhyne.
Le colonel Hennings — !

LE COLONEL HENNINGS

Présent !

Il note.

LE MARÉCHAL

Qui, selon la volonté de Son Altesse,
Commandera aujourd'hui l'aile droite de l'armée,

Tentera, en empruntant les vallons broussailleux de la Hackel,
De contourner sans bruit l'aile gauche de l'ennemi,
De se jeter vaillamment entre lui et les trois ponts
Et, après sa jonction avec le comte Truchss —
Comte Truchss !

LE COMTE TRUCHSS

Présent !

Il note.

LE MARÉCHAL

Et après sa jonction avec le comte Truchss —

Il s'interrompt.

Qui, sur les hauteurs, face à Wrangel,
Aura entre-temps pris position avec les canons —

LE COMTE TRUCHSS, *écrivant.*

Pris position avec les canons —

LE MARÉCHAL

C'est noté ?

Il poursuit.

Tentera de repousser les Suédois dans les marécages
Qui s'étendent derrière leur aile droite.

UN HEIDUQUE[1] *arrive.*

La voiture est avancée, Madame.

Les dames se lèvent.

LE MARÉCHAL

Le prince von Homburg —

L'ÉLECTEUR *se lève à son tour.*

— Ramin est-il prêt ?

LE HEIDUQUE

Il est déjà en selle et attend devant le portail.

Les dames prennent congé.

LE COMTE TRUCHSS, *écrivant.*

Qui s'étendent derrière leur aile droite.

LE MARÉCHAL

Le prince von Homburg —
Où est le prince von Homburg ?

HOHENZOLLERN, *discrètement.*

Arthur !

LE PRINCE VON HOMBURG, *sursautant.*

Présent !

HOHENZOLLERN

As-tu tous tes esprits ?

LE PRINCE VON HOMBURG

Quels sont vos ordres, maréchal ?

Il rougit, se met en position avec son crayon et son parchemin ; il note.

LE MARÉCHAL

À qui Son Altesse a confié,
Comme à Rathenow, le glorieux commandement
De toute la cavalerie du Brandebourg —

Il s'interrompt.

Sans pour autant léser le colonel Kottwitz
Qui l'assistera de ses conseils —

À mi-voix, au capitaine Golz.

Kottwitz est-il ici ?

GOLZ

Non, mon général, comme tu vois,
C'est moi qu'il a délégué à sa place
Pour entendre les ordres de ta bouche.

À nouveau, le prince porte le regard vers les dames.

LE MARÉCHAL *poursuit.*

Prendra position dans la plaine, près du village de Hackelwitz,
Face à l'aile droite de l'ennemi,
Hors de portée de ses canons.

GOLZ *écrit.*

Hors de portée de ses canons.

L'Électrice noue un foulard autour du cou de la princesse. Celle-ci veut enfiler ses gants et regarde autour d'elle, comme si elle cherchait quelque chose.

L'ÉLECTEUR *s'approche d'elle.*

Ma petite fille, qu'est-ce qu'il t'arrive — ?

L'ÉLECTRICE

Tu cherches quelque chose ?

NATALIE

Je ne sais pas, ma tante, mon gant —

Tous regardent alentour.

L'ÉLECTEUR, *aux dames d'honneur.*

Belles dames, auriez-vous l'amabilité de faire un effort ?

L'ÉLECTRICE, *à la princesse.*

Tu le tiens à la main, mon enfant.

NATALIE

Le droit ; mais le gauche ?

L'ÉLECTEUR

Peut-être est-il resté dans la chambre ?

NATALIE

Oh, ma chère Bork !

L'ÉLECTEUR, *à cette demoiselle.*

Vite, vite !

NATALIE

Sur la cheminée !

La dame d'honneur sort.

LE PRINCE VON HOMBURG, *à part.*

Dieu de ma vie ! ai-je bien entendu ?

Il retire le gant de son pourpoint.

LE MARÉCHAL, *portant son regard sur un papier qu'il tient à la main.*

Hors de portée de ses canons. —

Il poursuit.

Son Excellence le prince —

LE PRINCE VON HOMBURG

C'est le gant qu'elle cherche —

Il regarde tantôt le gant, tantôt la princesse.

LE MARÉCHAL

Suivant l'ordre explicite de notre souverain —

GOLZ, *écrivant.*

Suivant l'ordre explicite de notre souverain —

LE MARÉCHAL

Et quel que soit le tour que prendra la bataille,
Ne bougera pas de la place qui lui a été assignée —

LE PRINCE VON HOMBURG

— Vite ! Il me faut vérifier si c'est bien celui-ci !

En même temps que son mouchoir, il laisse tomber le gant. Il se baisse pour ramasser le mouchoir et laisse le gant, de manière à ce que chacun puisse le voir.

LE MARÉCHAL, *intrigué.*

Que fait Son Excellence le prince ?

HOHENZOLLERN, *à voix basse.*

Arthur !

LE PRINCE VON HOMBURG

Présent !

HOHENZOLLERN

Tu es fou, ma parole !

LE PRINCE VON HOMBURG

Quels sont vos ordres, maréchal ?

Il reprend son crayon et ses tablettes. Un instant, le maréchal le regarde d'un air interrogateur. — Silence.

GOLZ, *après avoir noté.*

Ne bougera pas de la place qui lui a été assignée —

LE MARÉCHAL, *poursuivant.*

Jusqu'à ce que, pressée par Hennings et Truchss — !

LE PRINCE VON HOMBURG, *s'adressant à Golz à voix basse tout en regardant ses tablettes.*

Qui ? Mon cher Golz ! Quoi ? Moi ?

GOLZ

Oui, vous ! Qui d'autre ?

LE PRINCE VON HOMBURG

Je ne dois pas — ?

GOLZ

Bien sûr !

LE MARÉCHAL

Alors ? C'est noté ?

LE PRINCE VON HOMBURG, *à voix haute.*

Pas bouger de la place qui m'a été assignée —

Il écrit.

LE MARÉCHAL

Jusqu'à ce que, pressée par Hennings et Truchss —,

Il s'interrompt un instant.

L'aile gauche de l'ennemi, dispersée,
Se jette sur son aile droite et que toutes ses
Troupes se bousculent vers les prairies
Marécageuses coupées de nombreux fossés,
Où le plan de bataille prévoit justement de les anéantir[1].

L'ÉLECTEUR

Pages, éclairez ! — Votre bras, mes amies !

Il s'apprête à partir avec l'Électrice et la princesse.

LE MARÉCHAL

Alors, il fera sonner la charge.

L'ÉLECTRICE, *tandis que quelques officiers lui présentent leurs hommages.*

Au revoir, messieurs ! Ne vous laissez pas distraire.

Le maréchal la complimente à son tour.

L'ÉLECTEUR *s'arrête soudain.*

Tiens ! Le gant de mademoiselle ! Vite ! Il est là[1] !

UN GENTILHOMME

Où donc ?

L'ÉLECTEUR

Aux pieds du prince, notre cousin !

LE PRINCE VON HOMBURG, *galant.*

À mes — ? Comment ! Est-ce le vôtre ?

Il le ramasse et va le remettre à la princesse.

NATALIE

Je vous remercie, noble prince.

LE PRINCE VON HOMBURG, *troublé*[2].

Est-ce le vôtre ?

NATALIE

C'est le mien ; celui que je cherchais.

Elle le prend et l'enfile.

L'ÉLECTRICE, *au prince en s'éloignant.*

Adieu ! Adieu ! Bonne chance et que Dieu vous garde !
Puissions-nous nous revoir bientôt dans la joie !

L'Électeur sort avec les dames. Dames d'honneur, cavaliers et pages les suivent.

LE PRINCE VON HOMBURG *reste immobile, comme frappé par la foudre ; puis il retourne d'un pas triomphant vers le groupe des officiers.*

Alors il fera sonner la charge !

Il fait semblant d'écrire.

LE MARÉCHAL, *regardant son papier.*

Alors il fera sonner la charge. —
Toutefois Son Altesse le prince, pour éviter
Que par un malentendu, l'attaque ne soit déclenchée trop tôt —

Il s'interrompt.

GOLZ, *écrivant.*

Que par un malentendu, l'attaque ne soit déclenchée trop tôt —

LE PRINCE VON HOMBURG, *au comte Hohenzollern à voix basse, très ému.*

Oh, Heinrich !

HOHENZOLLERN, *irrité.*

Eh bien ! Qu'y a-t-il ? Qu'est-ce que tu veux ?

LE PRINCE VON HOMBURG

Quoi ? Tu n'as rien vu ?

HOHENZOLLERN

Non, rien. Tais-toi, que diable !

LE MARÉCHAL *poursuit.*

Lui dépêchera un officier de sa suite
Qui lui transmettra expressément, notez bien cela,
L'ordre de lancer l'attaque contre l'ennemi.
Avant, il ne fera pas sonner la charge.

Immobile, le prince est plongé dans sa rêverie.

— C'est noté ?

GOLZ *écrit.*

Avant, il ne fera pas sonner la charge.

LE MARÉCHAL, *élevant la voix.*

Son Altesse le prince, c'est bien noté ?

LE PRINCE VON HOMBURG

Maréchal ?

LE MARÉCHAL

Est-ce que vous avez noté ?

LE PRINCE VON HOMBURG

— À propos de la charge ?

HOHENZOLLERN, *à voix basse,*
insistant, avec impatience.

La charge ! Sois maudit ! Pas avant que le —

GOLZ, *sur le même ton.*

Pas avant que lui-même —

LE PRINCE VON HOMBURG *les interrompt.*

Oui, bien sûr, pas avant que —
Mais ensuite il fera sonner la charge.

Il écrit. Un temps.

LE MARÉCHAL

Notez bien, baron Golz, qu'avant le début
De la bataille je désire parler en personne
Au colonel Kottwitz, si cela lui est possible[1].

GOLZ, *d'un air entendu.*

Je le lui transmettrai. Tu peux compter sur moi.

Silence.

L'ÉLECTEUR *revient.*

Eh bien, mes généraux, mes colonels,
Le jour se lève ! — Vous avez pris note ?

LE MARÉCHAL

Tout est prêt, votre Altesse ; votre plan de bataille
A été exposé point par point à tous vos généraux.

L'ÉLECTEUR,
prenant son chapeau et ses gants.

Quant à toi, monsieur le prince von Homburg, je te recommande le calme !
Sur les rives du Rhin, souviens-toi,
Tu m'as récemment gâché deux victoires[2] ; surveille-toi bien
Et ne me prive pas aujourd'hui de la troisième,
Il y va de mon trône et de mon royaume, pas moins que cela !

Aux officiers.

Suivez-moi ! — Hé, Franz !

UN ÉCUYER *arrive.*

Me voici !

L'ÉLECTEUR

Vite ! Mon cheval blanc !
— Je veux être avant le soleil sur le champ de bataille !

Il sort, suivi des généraux, colonels et officiers.

SCÈNE VI

LE PRINCE VON HOMBURG,
s'avançant sur le devant de la scène.

Et maintenant, viens à moi sur ta sphère,
Formidable, toi dont la brise aujourd'hui soulève
L'écharpe comme la voile d'un bateau !
Tu as, Fortune, déjà effleuré mes boucles :
Dans ton vol, souriante, tu m'as en passant jeté un gage
Sorti de ta corne d'abondance.
Aujourd'hui, enfant des dieux, je vais te chercher, fugitive,
Te saisir sur le champ de bataille et renverser
Tout entier ton trésor à mes pieds :
Quand bien même, par des chaînes de fers,
Serais-tu sept fois attachée au char victorieux des Suédois[1] !

ACTE II

Scène : le champ de bataille à Fehrbellin.

SCÈNE I

Le colonel Kottwitz, le comte Hohenzollern, le capitaine von der Golz et d'autres officiers arrivent à la tête de la cavalerie.

LE COLONEL KOTTWITZ *hors scène*[1].

Cavalerie, halte ! Pied à terre !

HOHENZOLLERN ET GOLZ *arrivent.*

Halte ! — Halte !

LE COLONEL KOTTWITZ

Qui m'aide à descendre de cheval, mes amis ?

HOHENZOLLERN ET GOLZ

Nous voici, vieillard, nous voici !

Ils retournent en coulisse.

LE COLONEL KOTTWITZ, *hors scène.*

Je vous remercie ! — Ouf ! Que la peste m'emporte[1] !
— Que Dieu vous donne à chacun un noble fils pour vous servir,
Et vous rendre la pareille quand vous serez des ruines !

Il arrive, suivi de Hohenzollern, Golz et d'autres.

Oui, sur mon cheval je me sens en pleine jeunesse ;
Mais dès que je mets pied à terre, la lutte commence
Comme si le corps et l'âme bataillaient pour se séparer !

Il regarde autour de lui.

Où est Son Altesse le prince, notre chef ?

HOHENZOLLERN

Le prince va te rejoindre dans un instant !

LE COLONEL KOTTWITZ

Où est-il ?

HOHENZOLLERN

Il s'est rendu à cheval au village tout proche que tu n'as pas vu,
Caché dans les bosquets. Il sera là dans un instant.

UN OFFICIER

Il est tombé de cheval cette nuit, m'a-t-on dit ?

HOHENZOLLERN

Oui, je crois.

LE COLONEL KOTTWITZ

Tombé ?

HOHENZOLLERN *se retourne.*

Rien de grave !
Son moreau a pris peur en passant près du moulin.
Mais il a simplement glissé à bas de sa monture,
Et ne s'est pas fait mal.
Inutile de s'inquiéter.

LE COLONEL KOTTWITZ, *gravissant une colline.*

Une belle journée, aussi vrai que je respire la vie !
Une journée que Dieu, le Seigneur de l'univers,
A faite pour des choses plus douces que la bataille !
Le soleil rougeoie à travers les nuages
Et le cœur, transporté, s'envole en jubilant
Avec l'alouette vers le parfum joyeux du ciel ! —

GOLZ

As-tu trouvé le maréchal Dörfling ?

LE COLONEL KOTTWITZ *s'avance.*

Parbleu, non ! Que s'imagine Son Excellence ?
Suis-je une flèche, un oiseau, une pensée[1],
Pour qu'il m'envoie ainsi à travers tout le champ de bataille ?
J'étais avec l'avant-garde sur les hauteurs de Hackel,
Puis avec l'arrière-garde dans la vallée de Hackel :
Mais le maréchal est resté introuvable !
Sur quoi, je suis venu rejoindre mes cavaliers.

GOLZ

Il en sera fort contrarié. Il lui restait, me semble-t-il,
Quelque chose d'important à te confier.

L'OFFICIER

Voici Son Altesse le prince, notre chef !

SCÈNE II

Le prince von Homburg porte un bandage noir autour de la main gauche. Les mêmes que précédemment.

LE COLONEL KOTTWITZ

Salut à toi, mon jeune et noble prince !
Vois comment, tandis que tu étais au village,
J'ai déployé la cavalerie au creux de la vallée :
Je pense que tu seras content de moi !

LE PRINCE VON HOMBURG

Bonjour, Kottwitz ! — Bonjour, mes amis !
— Tu sais que j'approuve tout ce que tu fais.

HOHENZOLLERN

Que faisais-tu, Arthur, dans ce village ?
— Tu parais si grave !

LE PRINCE VON HOMBURG

Je — j'étais dans la chapelle
Que l'on apercevait entre les paisibles bosquets du village.
Comme nous passions tout près, on sonnait

L'angélus ; quelque chose m'a poussé
À aller me recueillir devant l'autel.

LE COLONEL KOTTWITZ

Voilà un pieux jeune homme, il faut bien le dire !
Croyez-moi, la gloire, la fortune et la victoire
Couronneront l'œuvre commencée dans la prière !

LE PRINCE VON HOMBURG

Ce que je voulais te dire, Heinrich —

Il entraîne le comte un peu à l'écart, vers le devant de la scène.

Qu'est-ce qu'a dit déjà Dörfling me concernant
Lorsqu'il a dicté les ordres hier ?

HOHENZOLLERN

— Tu étais distrait. Je l'ai bien vu.

LE PRINCE VON HOMBURG

Distrait — divisé. Je ne sais pas ce qui m'est arrivé ;
Prendre sous la dictée me désoriente.

HOHENZOLLERN

— Heureusement, il n'y avait pas grand-chose pour toi cette fois.
Truchss et Hennings, qui mènent l'infanterie,
Ont pour charge d'attaquer l'ennemi ;
Toi, tu as mission d'attendre ici,
Dans cette vallée, prêt à intervenir avec la cavalerie,
Jusqu'à ce qu'on t'envoie l'ordre de passer à l'attaque.

LE PRINCE VON HOMBURG,
après un silence durant lequel il est resté rêveur.

— Quel étrange incident !

HOHENZOLLERN

Quoi donc, mon ami ?

Il le regarde. — On entend un coup de canon.

LE COLONEL KOTTWITZ

Holà, messieurs, holà ! À cheval, à cheval !
C'est Hennings, et la bataille commence !

Ils gravissent tous ensemble une colline.

LE PRINCE VON HOMBURG

Qui est-ce ? Quoi ?

HOHENZOLLERN

Le colonel Hennings, Arthur.
Qui s'est glissé dans le dos de Wrangel !
Viens ! De là-haut tu verras tout ce qui se passe.

GOLZ, *du haut de la colline.*

Il est redoutable ! Voyez comme il se déploie le long de la Rhyne !

LE PRINCE VON HOMBURG,
mettant sa main en visière.

— C'est Hennings là-bas, sur notre aile droite ?

PREMIER OFFICIER

Oui, Altesse.

LE PRINCE VON HOMBURG

Morbleu !
Hier, c'est sur la gauche de l'armée qu'il se trouvait.

Des coups de canon au loin.

LE COLONEL KOTTWITZ

Tonnerre de Dieu ! Voyez, de ses douze gueules de feu
Wrangel fonce à présent sur Hennings !

PREMIER OFFICIER

Du beau travail, ces retranchements ! Sacrés Suédois !

DEUXIÈME OFFICIER

Bon Dieu ! Ils sont aussi hauts que le clocher
Du village qu'ils ont derrière eux !

Coups de feu à proximité.

GOLZ

Ça, c'est Truchss !

LE PRINCE VON HOMBURG

Truchss ?

LE COLONEL KOTTWITZ

Truchss, oui, c'est lui
Qui vient à la rescousse de Hennings par l'avant.

LE PRINCE VON HOMBURG

Comment se fait-il que Truchss se trouve au centre aujourd'hui[1] ?

Violente canonnade.

GOLZ

Ô Ciel, regardez, il me semble que le village a pris feu !

TROISIÈME OFFICIER

Ma parole, il brûle !

PREMIER OFFICIER

Il brûle, il brûle !
Les flammes lèchent déjà le clocher !

GOLZ

Aïe ! Voyez comme les estafettes des Suédois courent en tous sens.

DEUXIÈME OFFICIER

Ils font mouvement ?

LE COLONEL KOTTWITZ

Où donc ?

PREMIER OFFICIER

Sur l'aile droite ! —

TROISIÈME OFFICIER

C'est vrai ! En colonnes ! Avec trois régiments !
On dirait qu'ils veulent renforcer l'aile gauche.

DEUXIÈME OFFICIER

Ma parole ! Et la cavalerie avance
Pour couvrir la marche de l'aile droite.

HOHENZOLLERN *rit.*

Ah ! Comme elle va déguerpir quand elle découvrira
Que nous sommes embusqués dans le vallon !

Tirs de mousquets.

KOTTWITZ

Regardez, mes frères, regardez !

DEUXIÈME OFFICIER

Écoutez !

PREMIER OFFICIER

Les tirs de mousquets !

TROISIÈME OFFICIER

Les voilà qui s'affrontent près des retranchements ! —

GOLZ

Bon Dieu ! De ma vie je n'ai entendu
Pareil tonnerre d'artillerie !

HOHENZOLLERN

Tirez ! Tirez ! Et faites éclater le sein de la terre !
La crevasse servira de tombe à vos cadavres.

Silence. — Une clameur de victoire au loin.

PREMIER OFFICIER

Seigneur, toi qui là-haut donnes la victoire :
Wrangel déjà fait demi-tour !

HOHENZOLLERN

Non ! Parle !

GOLZ

Dieu du ciel, mes amis ! Sur l'aile gauche !
Avec son artillerie, il vide les retranchements.

TOUS

Victoire ! Victoire ! Victoire ! À nous la victoire !

LE PRINCE VON HOMBURG *descend de la colline.*

En avant, Kottwitz, suis-moi !

LE COLONEL KOTTWITZ

Du calme, du calme, les enfants !

LE PRINCE VON HOMBURG

En avant ! Fais sonner la charge ! Suis-moi !

LE COLONEL KOTTWITZ

Du calme, je te dis !

LE PRINCE VON HOMBURG, *furieux.*

Enfer et damnation !

LE COLONEL KOTTWITZ

Son Altesse, hier aux instructions,
A donné consigne d'attendre l'ordre.
Golz, relis les instructions pour monsieur.

LE PRINCE VON HOMBURG

Attendre l'ordre ! Eh ! Kottwitz, tu es si lent à cheval ?
Cet ordre, ne l'as-tu pas reçu de ton cœur ?

LE COLONEL KOTTWITZ

L'ordre ?

HOHENZOLLERN

Je t'en prie !

LE COLONEL KOTTWITZ

De mon cœur ?

HOHENZOLLERN

Sois raisonnable, Arthur !

GOLZ

Écoute, mon colonel !

LE COLONEL KOTTWITZ, *vexé.*

Ah, ah ! Tu le prends sur ce ton, mon jeune monsieur ? —
Le canasson sur lequel tu caracoles, s'il le fallait,
Je le traînerais à la queue du mien !
En avant, marche, messieurs ! Trompette, la charge !
À l'attaque, à l'attaque ! Kottwitz en est !

GOLZ, *à Kottwitz.*

Jamais, mon colonel, au grand jamais !

DEUXIÈME OFFICIER

Hennings n'a pas encore atteint la Rhyne[1].

PREMIER OFFICIER

Enlève-lui son épée[2] !

LE PRINCE VON HOMBURG

Mon épée ? À moi ?

Il le repousse.

Allons, insolent garnement qui ne connais
Pas encore les Dix Commandements brandebourgeois !
Voici la tienne, avec son fourreau !

Il lui arrache l'épée et le ceinturon.

PREMIER OFFICIER, *chancelant.*

Mon prince, cette action, par Dieu — !

LE PRINCE VON HOMBURG, *s'avançant vers lui.*

Si tu ouvres encore la bouche — ?

HOHENZOLLERN, *à l'officier.*

Tais-toi ! Es-tu fou ?

LE PRINCE VON HOMBURG, *rendant l'épée.*

Ordonnances ! —
Mettez-le aux arrêts et conduisez-le au quartier général !

À Kottwitz et aux autres officiers.

Et maintenant, messieurs, les instructions sont les suivantes :
Honte au scélérat qui ne suit pas son général au combat !
— Lequel d'entre vous reste ici ?

LE COLONEL KOTTWITZ

Tu entends. Pourquoi cette frénésie ?

HOHENZOLLERN, *conciliant.*

Ce n'était qu'un conseil qu'on te donnait.

LE COLONEL KOTTWITZ

Prends-le sur toi. Je te suis.

LE PRINCE VON HOMBURG, *rasséréné.*

Je le prends sur moi. Suivez-moi, mes frères !

Tous sortent.

Scène : dans une maison de village.

SCÈNE III

Un gentilhomme avec bottes et éperons arrive. — Un paysan et sa femme sont assis à une table et travaillent.

LE GENTILHOMME

À la bonne heure, braves gens ! Avez-vous de la place
Dans votre maison pour accueillir des hôtes ?

LE PAYSAN

Mais oui ! Bien volontiers !

LA FEMME

Peut-on savoir qui ?

LE GENTILHOMME

Son Altesse la mère du royaume ! Pas moins ! —
À la porte du village, l'essieu de sa voiture s'est brisé,
Et comme nous apprenons que la victoire est acquise,
Il n'est pas nécessaire de poursuivre ce voyage.

TOUS DEUX *se lèvent.*

La victoire est acquise ? — Ciel !

LE GENTILHOMME

Vous ne le saviez pas ?
L'armée suédoise est anéantie,
Le Brandebourg est débarrassé de son fer et son feu,
Sinon pour toujours, du moins pour un an !
— Mais regardez ! Voilà la princesse qui arrive !

SCÈNE IV

L'Électrice est pâle et défaite. La princesse Natalie et plusieurs dames d'honneur la suivent. — Les mêmes que précédemment.

L'ÉLECTRICE, *sur le pas de la porte.*

Bork ! Winterfeld ! Venez : donnez-moi le bras !

NATALIE,
se précipitant vers elle.

Ô ma mère[1] !

LES DAMES D'HONNEUR

Dieu ! Elle pâlit ! Elle tombe !

Elles la soutiennent.

L'ÉLECTRICE

Conduisez-moi à une chaise, je veux m'asseoir.
— Mort, dit-il ; mort ?

NATALIE

Ô ma mère chérie !

L'ÉLECTRICE

Je veux parler moi-même à ce messager de malheur.

SCÈNE V

Soutenu par deux cavaliers, le capitaine von Mörner, blessé, arrive. Les mêmes que précédemment.

L'ÉLECTRICE

Que m'apportes-tu, héraut de l'horreur ?

MÖRNER

Ce que ces yeux, hélas, chère madame,
Ont vu, pour mon éternelle douleur.

L'ÉLECTRICE

Eh bien, raconte !

MÖRNER

L'Électeur n'est plus !

NATALIE

Oh ciel !
Faut-il qu'un coup si horrible nous frappe ?

Elle couvre son visage.

L'ÉLECTRICE

Rapporte-moi comment il est tombé !
— Que tes paroles soient comme l'éclair qui frappe
Le voyageur et, pour la dernière fois, lui fait apparaître
Le monde couleur pourpre. Et que la nuit
S'abatte sur ma tête, lorsque tu auras parlé.

MÖRNER *s'avance vers elle, soutenu par les deux cavaliers.*

Le prince von Homburg, sitôt que l'ennemi,
Pressé par Truchss, fut ébranlé dans ses positions,
S'était avancé dans la plaine en direction de Wrangel ;
Avec sa cavalerie, il avait déjà enfoncé deux lignes
Et les avait anéanties dans la débandade,
Lorsqu'il se heurta à une redoute.
Une pluie de fer si meurtrière s'abattit
Sur lui, que tel un champ de blé sous l'orage,
Sa troupe de cavaliers fut couchée sur le flanc :
Il dut faire halte entre les bosquets et les collines
Pour rassembler son corps de cavalerie dispersé.

NATALIE, *à l'Électrice.*

Ressaisis-toi, mère chérie !

L'ÉLECTRICE

Laisse, laisse-moi, ma chère.

MÖRNER

À cet instant, surgi de la poussière,
Nous apercevons notre souverain, qui parmi les drapeaux

Du corps de Truchss, avance sur l'ennemi ;
Il était superbe sur son cheval blanc, illuminant
Sous le soleil radieux le chemin de la victoire.
À cette vue, nous nous rassemblons tous
Sur le flanc d'une colline, très inquiets
De le voir ainsi au milieu du feu :
Lorsque soudain notre prince, cheval et cavalier,
Sous nos yeux s'abat dans la poussière ;
Deux enseignes se sont précipités sur lui
Pour le couvrir de leurs drapeaux.

NATALIE

Ô ma mère !

PREMIÈRE DAME D'HONNEUR

Ciel !

L'ÉLECTRICE

Continue ! Continue !

MÖRNER

Là-dessus, à ce spectacle terrifiant,
Le cœur du prince est saisi d'une immense douleur ;
Pareil à un ours, éperonné par la fureur et la vengeance,
Il s'élance avec nous sur les retranchements :
Le fossé et le remblai qui les protègent
Sont franchis d'un seul élan, les occupants renversés,
Dispersés sur le champ de bataille, anéantis,
Canons, drapeaux, tambours et étendards,
Tout l'attirail de guerre des Suédois est pris :
Et si la tête de pont sur la Rhyne ne nous avait empêché

De les exterminer, il n'en resterait pas un seul
Pour dire au foyer de ses pères :
À Fehrbellin, j'ai vu tomber le héros !

L'ÉLECTRICE

Une victoire trop cher payée. Je ne l'aime pas.
Rendez-moi le prix qu'elle a coûté.

Elle s'évanouit.

PREMIÈRE DAME D'HONNEUR

Au secours, Dieu du ciel ! Elle s'évanouit !

Natalie pleure.

SCÈNE VI

Le prince von Homburg arrive. Les mêmes que précédemment.

LE PRINCE VON HOMBURG

Ô ma très chère Natalie !

Il lui prend la main et, très ému, la pose sur son cœur.

NATALIE

C'est donc vrai ?

LE PRINCE VON HOMBURG

Ah ! Que ne puis-je dire : non !
Que ne puis-je, avec le sang de ce cœur fidèle
Rappeler le sien à la vie ! —

NATALIE *essuie ses larmes.*

A-t-on déjà retrouvé le corps ?

LE PRINCE VON HOMBURG

Hélas, jusqu'à cet instant, ma tâche
Fut de nous venger de Wrangel ; comment aurais-je pu
Jusqu'à présent m'inquiéter de cela ?
Cependant, j'ai dépêché une troupe d'hommes
Pour le retrouver sur le champ de la mort :
Avant la nuit, sans aucun doute, il sera là.

NATALIE

Qui, dans ce combat effroyable
Tiendra désormais les Suédois en respect ? Qui
Nous protégera contre tous ces ennemis[1]
Que nous ont valus sa fortune et sa gloire ?

LE PRINCE VON HOMBURG *prend sa main.*

Moi, mademoiselle, je prends en charge votre cause !
Je veux être un ange au glaive de feu
Debout sur les marches orphelines de votre trône !
L'Électeur voulait, avant la nouvelle année,
Voir le Brandebourg libéré ; eh bien je serai
L'exécuteur de sa dernière volonté.

NATALIE

Mon cher, mon fidèle cousin !

Elle retire sa main.

LE PRINCE VON HOMBURG

Ô Natalie !

Il s'interrompt un instant.

Comment voyez-vous votre avenir à présent ?

NATALIE

Oui, comment continuer après ce cataclysme
Qui ouvre la terre sous mes pieds ?
Mon père, ma mère chérie reposent
Dans leur tombe à Amsterdam ; Dortrecht,
Mon domaine familial, n'est plus que ruines et cendres ;
Pressé par les armées du tyran espagnol,
Moritz, mon cousin von Oranien, ne sait que faire
Pour sauver ses propres enfants :
Et voilà que le dernier appui s'effondre
Qui soutenait le cep de mon bonheur.
Je suis aujourd'hui orpheline pour la seconde fois.

LE PRINCE VON HOMBURG *passe un bras autour de sa taille.*

Ô mon amie ! Si cette heure que nous vivons
N'était vouée au deuil, je vous dirais :
Enlacez vos rameaux autour de cette poitrine,
De ce cœur qui depuis tant d'années fleurit solitaire
Et se languit du tendre parfum de vos corolles !

NATALIE

Mon cher, mon dévoué cousin !

LE PRINCE VON HOMBURG

— Voulez-vous ? Voulez-vous ?

NATALIE

— Pouvoir y plonger jusqu'au tréfonds ?

Elle pose sa tête contre sa poitrine.

LE PRINCE VON HOMBURG

Comment ? Qu'est-ce que c'était ?

NATALIE

Il faut partir !

LE PRINCE VON HOMBURG *la retient.*

Au plus profond !
Au plus profond du cœur, Natalie !

Il l'embrasse ; elle se dégage.

Ô Dieu, s'il était là, celui que nous pleurons,
Pour voir cette union ! Si nous pouvions
Lui dire en balbutiant : Père, bénis-nous !

Il couvre son visage de ses mains. Natalie se tourne à nouveau vers l'Électrice.

SCÈNE VII

Une ordonnance entre précipitamment. Les mêmes que précédemment.

L'ORDONNANCE

Mon prince ! Par le Dieu vivant, j'ose à peine
Vous rendre compte du bruit qui se répand !
— L'Électeur est vivant !

LE PRINCE VON HOMBURG

Il est vivant !

L'ORDONNANCE

Par le Très-Haut !
Le comte Sparren vient d'apporter la nouvelle.

NATALIE

Seigneur de ma vie ! Mère, as-tu entendu ?

Elle se jette aux pieds de l'Électrice et enlace sa taille.

LE PRINCE VON HOMBURG

Non, parle — ! Qui m'apporte — ?

L'ORDONNANCE

Le comte Georg von Sparren,
Qui l'a vu de ses propres yeux à Hackelwitz
Sain et sauf avec le régiment de Truchss !

LE PRINCE VON HOMBURG

Vite ! Cours ! Amène-le-moi ici !

L'ordonnance sort.

Renversement

SCÈNE VIII

Le comte Georg von Sparren et l'ordonnance arrivent. Les mêmes que précédemment.

L'ÉLECTRICE

Ah, ne me précipitez pas deux fois dans l'abîme !

NATALIE

Non, ma mère chérie !

L'ÉLECTRICE

Friedrich est en vie ?

NATALIE *la soutient de ses deux mains.*

La cime de l'existence vous accueille à nouveau !

L'ORDONNANCE, *entrant.*

Voici l'officier !

LE PRINCE VON HOMBURG

Monsieur le comte von Sparren !
Vous avez vu Son Altesse saine et sauve
Auprès du régiment de Truchss à Hackelwitz ?

LE COMTE SPARREN

Oui, illustre prince, dans la cour du pasteur
Où, entouré de son état-major, il donnait des ordres
Pour qu'on enterre les morts des deux armées !

LES DAMES D'HONNEUR

Mon Dieu ! Embrassons-nous !

Elles tombent dans les bras l'une de l'autre.

L'ÉLECTRICE

Ô ma fille !

NATALIE

Non, cette félicité-là est presque trop grande !

Elle presse son visage dans le giron de sa tante.

LE PRINCE VON HOMBURG

Ne l'ai-je pas vu, à la tête de ses cavaliers,
De loin, écrasé par des boulets de canon
S'abattre dans la poussière avec son cheval blanc ?

LE COMTE SPARREN

Le cheval blanc, en effet, s'est abattu avec son cavalier,
Mais celui qui le montait, mon prince, n'était pas l'Électeur.

LE PRINCE VON HOMBURG

Non ? Pas l'Électeur ?

NATALIE

Ô joie !

Elle se lève et se tient debout à côté de l'Électrice.

LE PRINCE VON HOMBURG

Parle ! Raconte !
Aussi lourds que l'or, tes mots tombent dans mon cœur !

LE COMTE SPARREN

Ah ! Écoutez l'histoire la plus émouvante
Qu'oreille ait jamais entendue !
Le souverain, sourd à tout avertissement,
Montait une fois de plus son cheval resplendissant de blancheur

Que Froben a dernièrement acquis pour lui en Angleterre,
Et comme ce fut toujours le cas, il était à nouveau
La cible des boulets de canons ennemis.
À peine ceux de sa suite pouvaient-ils
S'approcher de lui dans un rayon de cent pas.
Grenades, boulets et mitraille
Roulaient vers lui comme le fleuve de la mort,
Et tout ce qui était vivant fuyait vers la rive :
Lui seul, intrépide nageur, affrontait le courant
Et, saluant sans cesse ses amis de la main,
Remontait sans crainte vers les hauteurs d'où jaillissait la source.

LE PRINCE VON HOMBURG

Dieu du ciel, oui ! C'était terrible à voir !

LE COMTE SPARREN

L'écuyer Froben qui, dans l'escorte,
Est le premier derrière lui me lance :
« Maudite soit aujourd'hui la splendeur de ce cheval
Qu'on vient d'acheter une fortune à Londres !
Je donnerais bien cinquante ducats
Pour couvrir sa robe d'un gris souris. »
Il s'approche de lui, fou d'inquiétude, et dit :
« Altesse, ton cheval est rétif, permets-moi
De le reprendre pour un peu de dressage encore ! »
À ces mots, il descend de son alezan
Et saisit le cheval de Son Altesse par la bride.
Avec un sourire entendu, Son Altesse met pied à terre et réplique :
« L'art que tu veux lui enseigner, mon brave,
Il ne l'apprendra que difficilement tant qu'il fait jour.

Emmène-le loin d'ici, je te prie, derrière ces collines,
Où l'ennemi ne sera pas attentif à son défaut. »
Sur ce, il enfourche l'alezan que montait Froben
Et s'en retourne là où son devoir l'appelle.
Mais à peine Froben est-il monté en selle
Que déjà une mitraille meurtrière tirée de la redoute
Jette à terre le cheval et son cavalier.
Il tombe dans la poussière, victime de sa fidélité,
Et plus aucun son n'est sorti de sa bouche.

Un court silence.

LE PRINCE VON HOMBURG

Il a sa récompense — aurais-je dix vies,
Je ne saurais mieux les employer qu'il ne l'a fait.

NATALIE

Valeureux Froben !

L'ÉLECTRICE

Un homme de cœur !

NATALIE

Un moins valeureux que lui serait digne de nos larmes !

Elles pleurent.

LE PRINCE VON HOMBURG

Il suffit ! Allons de l'avant ! Où est l'Électeur ?
A-t-il établi son quartier général à Hackelwitz ?

LE COMTE SPARREN

Pardonne-moi ! Son Altesse est partie pour Berlin,
Et l'état-major au grand complet
Est prié de le suivre.

LE PRINCE VON HOMBURG

Comment ? À Berlin ? — La campagne est-elle donc terminée ?

LE COMTE SPARREN

En vérité, je m'étonne que tu ignores tout de cela ! —
Le comte Horn, le général suédois, est parmi nous ;
Au camp, un armistice a été proclamé
Immédiatement après son arrivée.
Si j'ai bien compris le maréchal Dörfling,
Une négociation s'est engagée :
Il est fort possible qu'elle aboutisse à la paix.

L'ÉLECTRICE

Mon Dieu ! Comme tout s'explique magnifiquement !

Elle se lève.

LE PRINCE VON HOMBURG

Venez, suivons-le à Berlin sans plus attendre !
— Auras-tu l'amabilité, pour aller plus vite, de me faire
Une place dans ta voiture ?
— Il me reste à écrire deux lignes à Kottwitz
Et je monte aussitôt avec toi.

Il s'assied et écrit.

L'ÉLECTRICE

Bien volontiers !

LE PRINCE VON HOMBURG *plie la lettre et la remet à l'ordonnance. Puis il se tourne à nouveau vers l'Électrice et passe doucement le bras autour de la taille de Natalie.*

Il me reste un désir à te confier timidement,
Je m'en ouvrirai à toi pendant le voyage.

NATALIE *se dégage.*

Bork ! Vite ! Mon foulard, je te prie !

L'ÉLECTRICE

Toi ? Un désir à me confier ?

PREMIÈRE DAME D'HONNEUR

Le foulard est autour de votre cou, princesse !

LE PRINCE VON HOMBURG, *à l'Électrice.*

Comment ? Tu ne devines rien ?

L'ÉLECTRICE

Non, rien !

LE PRINCE VON HOMBURG

Comment ? Rien du tout ? —

L'ÉLECTRICE, *l'interrompant.*

Qu'importe ! — À quiconque viendrait m'implorer aujourd'hui
Je ne saurais répondre non, quel que soit l'objet de sa prière.
Et à toi, le vainqueur de la bataille, moins qu'à tout autre !
— Allons, en route !

LE PRINCE VON HOMBURG

Ô mère ! Que viens-tu de dire là ?
Puis-je interpréter tes paroles comme il me plaît ?

L'ÉLECTRICE

Partons, dis-je. Nous en reparlerons dans la voiture !

LE PRINCE VON HOMBURG

Venez, donnez-moi votre bras ! — Ô divin César[1] !
J'appuie mon échelle contre ton étoile !

Il sort avec les dames ; tout le monde suit.

Scène : Berlin. Le parc devant le vieux château. À l'arrière-plan, l'église du château avec un escalier. On entend les cloches sonner. L'église est tout illuminée. Des hommes déposent le corps de Froben sur un somptueux catafalque.

SCÈNE IX

L'Électeur, le maréchal Dörfling, le colonel Hennings, le comte Truchss et plusieurs autres colonels et officiers arrivent. Quelques officiers se présentent à l'Électeur avec des dépêches. — Dans l'église et sur la place, des hommes et des femmes de tous âges.

L'ÉLECTEUR

Celui, quel qu'il soit, qui a mené la cavalerie
Le jour de la bataille, et qui de sa propre autorité,
Avant que le colonel Hennings ait pu détruire
Les ponts de l'ennemi, a lancé l'attaque
Et contraint l'ennemi à la fuite sans attendre mon ordre,

Celui-là, je le déclare, est passible de la peine de mort
Et je le traduis en cour martiale.
— N'est-ce pas le prince von Homburg qui l'a menée ?

LE COMTE TRUCHSS

Non, Altesse !

L'ÉLECTEUR

Qui me le prouve ?

LE COMTE TRUCHSS

Des cavaliers peuvent te le confirmer,
Qui me l'ont assuré. Avant le début de la bataille,
Le prince a fait une chute de cheval.
On l'a vu, grièvement blessé à la tête et aux cuisses,
Se faire soigner dans une église.

L'ÉLECTEUR

Peu importe. La victoire d'aujourd'hui est éclatante,
Et demain, devant l'autel, je remercierai Dieu.
Mais fût-elle dix fois plus grande encore, cela n'excuse pas
Celui par qui le hasard me l'a donnée :
Il me reste d'autres batailles encore à livrer,
Et je veux que l'on obéisse à la loi.
Qui que soit, je le répète, celui qui a conduit
La cavalerie à la bataille, a risqué sa tête
Et je le ferai comparaître devant un conseil de guerre.
— Suivez-moi à l'église, mes amis !

SCÈNE X

Entrent en scène le prince von Homburg, trois drapeaux suédois à la main, le colonel Kottwitz avec deux drapeaux, le comte Hohenzollern, le capitaine Golz et le comte Reuss, portant chacun un drapeau, et plusieurs autres officiers, caporaux et cavaliers avec des drapeaux, des tambours et des étendards.

LE MARÉCHAL DÖRFLING,
dès qu'il aperçoit le prince.

Le prince von Homburg ! — Truchss ! Que faisiez-vous ?

L'ÉLECTEUR, *surpris.*

D'où venez-vous, prince ?

LE PRINCE VON HOMBURG, *avançant de quelques pas.*

De Fehrbellin, mon prince,
Et je t'en rapporte ces trophées de la victoire.

Il dépose les trois drapeaux devant l'Électeur; les officiers, les caporaux, les cavaliers l'imitent.

L'ÉLECTEUR, *interloqué.*

Tu es blessé, me dit-on, et gravement ?
— Comte Truchss !

LE PRINCE VON HOMBURG, *joyeux.*

Pardon !

LE COMTE TRUCHSS

Par Dieu, je m'étonne !

LE PRINCE VON HOMBURG

Mon alezan est tombé avant même le début de la bataille ;
Cette main, qu'un médecin militaire a bandée,
Ne mérite pas que tu la dises blessée.

L'ÉLECTEUR

Ainsi, c'est donc toi qui as mené la cavalerie ?

LE PRINCE VON HOMBURG *le regarde.*

Moi ? En effet ! Est-il besoin de te l'apprendre ?
— En voici la preuve que je viens de déposer à tes pieds.

L'ÉLECTEUR

Enlevez-lui son épée. Il est aux arrêts.

LE MARÉCHAL, *effrayé.*

À qui ?

L'ÉLECTEUR,
s'avançant au milieu des drapeaux.

Kottwitz, je te salue !

LE COMTE TRUCHSS, *à part.*

Ô malédiction !

LE COLONEL KOTTWITZ

Parbleu ! Je suis extrêmement — !

L'ÉLECTEUR *le regarde.*

Que dis-tu ? —
Regarde, quelle moisson pour notre gloire !
— Ce drapeau est celui de la garde suédoise, n'est-ce pas ?

Il ramasse l'un des drapeaux, le déploie et l'examine.

LE COLONEL KOTTWITZ

Mon prince ?

LE MARÉCHAL

Mon souverain ?

L'ÉLECTEUR

En effet ! Il date même de Gustave-Adolphe !
— Que dit la devise ?

LE COLONEL KOTTWITZ

Je crois —

LE MARÉCHAL

Per aspera ad astra[1].

L'ÉLECTEUR

Il n'a pas tenu sa promesse à Fehrbellin. —

Silence.

LE COLONEL KOTTWITZ, *timidement.*

Mon Altesse, un mot, si tu permets — !

L'ÉLECTEUR

Eh bien?
Prenez tout, drapeaux, tambours et étendards
Et accrochez-les aux piliers de l'église;
J'ai l'intention de les utiliser demain pour la fête de la victoire!

L'Électeur se tourne vers les courriers, prend les dépêches, les décachette et les lit.

LE COLONEL KOTTWITZ, *à part.*

Par le Dieu vivant, c'est trop fort!

Après un instant d'hésitation, le colonel ramasse ses deux drapeaux; les autres officiers et les cavaliers font de même. Finalement, comme les trois drapeaux du prince von Homburg sont restés à terre, Kottwitz les ramasse également, de sorte qu'il en tient cinq à présent.

UN OFFICIER *s'approche du prince.*

Prince, votre épée, je vous prie.

HOHENZOLLERN *vient se placer à côté de lui.*

Du calme, mon ami!

LE PRINCE VON HOMBURG

Est-ce un rêve? Suis-je éveillé? Suis-je en vie? Ai-je tous mes esprits?

GOLZ

Prince, donne ton épée, je te le conseille, et tais-toi.

LE PRINCE VON HOMBURG

Moi, aux arrêts ?

HOHENZOLLERN

En effet !

GOLZ

Vous avez entendu !

LE PRINCE VON HOMBURG

Peut-on savoir pourquoi ?

HOHENZOLLERN, *avec insistance.*

Pas maintenant !
— Tu étais trop pressé de te jeter dans la bataille,
Nous te l'avons dit tout de suite ; l'ordre était formel :
Tu ne devais pas bouger avant le signal !

LE PRINCE VON HOMBURG

Au secours, mes amis, au secours ! Je deviens fou.

GOLZ, *l'interrompant.*

Tais-toi ! Tais-toi !

LE PRINCE VON HOMBURG

Le Brandebourg a-t-il donc été vaincu ?

HOHENZOLLERN *tape du pied.*

Qu'importe ! — La règle c'est d'obéir.

LE PRINCE VON HOMBURG, *amèrement.*

Bien — Bien, bien !

HOHENZOLLERN *s'éloigne.*

On ne te coupera pas la tête.

L'Électeur replie les dépêches et s'en retourne vers le groupe des officiers.

LE PRINCE VON HOMBURG, *après avoir détaché son épée.*

Mon cousin Friedrich veut jouer les Brutus[1]
Et se voit déjà, comme sur un tableau,
Installé sur le trône curule :
Les drapeaux suédois au premier plan
Et le règlement militaire du Brandebourg devant lui sur la table.
Par Dieu, il ne trouvera pas en moi le fils
Qui l'admire sous la hache du bourreau.
En vrai cœur allemand de vieille souche,
Je suis accoutumé à la générosité et à l'amour,
Et si en cet instant il se montre à moi aussi raide qu'une statue antique,
Il me fait pitié et il me faut le plaindre !

Il remet son épée à l'officier et sort.

L'ÉLECTEUR

Conduisez-le à Fehrbellin au quartier général
Et convoquez la cour martiale pour qu'elle le juge.

Il pénètre dans l'église, derrière lui les drapeaux. Tandis qu'il s'agenouille avec sa suite devant le cercueil de Froben et se met à prier, on accroche les drapeaux aux piliers. Musique funèbre.

ACTE III

Scène : Fehrbellin. Une prison.

SCÈNE I

Le prince von Homburg. À l'arrière-plan, deux soldats de la cavalerie montent la garde. — Le comte von Hohenzollern arrive.

LE PRINCE VON HOMBURG

Tiens, tiens ! Mon ami Heinrich ! Sois le bienvenu !
Alors, je ne suis plus aux arrêts ?

HOHENZOLLERN, *étonné.*

Loué soit le Tout-Puissant !

LE PRINCE VON HOMBURG

Que dis-tu ?

HOHENZOLLERN

Libre ?
T'a-t-il rendu ton épée ?

LE PRINCE VON HOMBURG

À moi ? Non.

HOHENZOLLERN

Non ?

LE PRINCE VON HOMBURG

Non !

HOHENZOLLERN

— Alors comment ?

LE PRINCE VON HOMBURG,
après un silence.

Je croyais que tu m'apportais la nouvelle. Tant pis !

HOHENZOLLERN

— Je ne suis au courant de rien.

LE PRINCE VON HOMBURG

Tant pis, tu entends ? Tant pis[1] !
Il enverra quelqu'un d'autre me l'annoncer.

Il se retourne et va chercher des sièges.

Assieds-toi ! — Alors, dis-moi, quelles sont les nouvelles ?
— L'Électeur est-il rentré de Berlin ?

HOHENZOLLERN, *distrait.*

Oui. Hier soir.

LE PRINCE VON HOMBURG

Y a-t-on comme prévu
Célébré la victoire ? — — Bien entendu !
— L'Électeur était-il présent à l'église ?

HOHENZOLLERN

Lui et l'Électrice et Natalie. —
L'église était très dignement illuminée ;
Pendant le Te Deum on entendait solennellement tirer
Des salves de batteries depuis la place du château.
Comme des trophées, les drapeaux suédois
Et les étendards flottaient sur les piliers,
Et sur l'ordre exprès du souverain,
Ton nom a été cité en chaire —
Comme étant celui du vainqueur.

LE PRINCE VON HOMBURG

On me l'a dit ! ! — Alors, qu'y a-t-il d'autre ? Que m'apportes-tu ?
— Tu n'as pas l'air très gai, on dirait, mon ami !

HOHENZOLLERN

As-tu déjà parlé à quelqu'un ?

LE PRINCE VON HOMBURG

À Golz, à l'instant, au château,
Où, tu le sais, j'ai été soumis à un interrogatoire.

Silence.

HOHENZOLLERN,
le regardant d'un air inquiet.

Que penses-tu, Arthur, de ta situation,
Depuis qu'elle a si étrangement changé ?

LE PRINCE VON HOMBURG

Moi ? Ma foi, la même chose que toi et Golz — et même les juges !
L'Électeur a fait ce que le devoir commandait,
Et à présent il va obéir de la même façon à son cœur.
Tu as commis une faute, me dira-t-il gravement,
Peut-être un mot pour parler de peine de mort et de forteresse :
Cependant je te rends ta liberté —
Et autour de l'épée qui pour lui a conquis la victoire
Peut-être enroulera-t-il même un signe de sa grâce ;
— S'il n'en est rien, tant pis ; car je ne l'ai pas mérité !

HOHENZOLLERN

Ô Arthur !

Il s'interrompt.

LE PRINCE VON HOMBURG

Eh bien ?

HOHENZOLLERN

— En es-tu si sûr ?

LE PRINCE VON HOMBURG

Je l'imagine ainsi ! Il m'aime, je le sais,
Il m'aime comme un fils ; depuis ma plus tendre enfance

Son cœur mille fois me l'a prouvé.
Quel est le doute qui te tourmente ?
N'a-t-il pas semblé se réjouir presque plus
Que moi-même de la montée de ma jeune gloire ?
Ne suis-je pas tout ce que je suis par lui ?
Et lui, il irait écraser impitoyablement
Dans la poussière, jaloux, la jeune plante
Qu'il a lui-même cultivée, pour la simple raison
Qu'elle a fleuri trop vite et trop abondamment ?
Son pire ennemi ne parviendrait pas à m'en convaincre,
Toi encore moins, qui l'aime et le connais.

HOHENZOLLERN, *avec gravité.*

Tu as comparu devant la cour martiale, Arthur,
Et tu y crois encore ?

LE PRINCE VON HOMBURG

Parce que j'ai comparu, justement ! —
Par le dieu vivant, personne n'irait aussi loin
S'il n'avait pas l'intention de faire grâce.
C'est là précisément, à la barre du tribunal,
C'est là que j'ai repris confiance.
Était-ce donc un crime passible de mort
Que d'avoir réduit en poussière la puissance suédoise
Deux minutes avant que l'ordre n'en fût donné ?
Et quel autre forfait pèserait sur ma poitrine ?
Comment pourrait-il me convier au banc des accusés
Devant des juges sans cœur qui, semblables à des chouettes,
Me chantent sans cesse le chant funèbre de la balle qui m'exécutera,
S'il n'avait l'intention de faire irruption, tel un dieu,
Et de proclamer sa clémence de souverain ?

Non, mon ami, s'il amasse tous ces nuages noirs
Au-dessus de ma tête, c'est pour m'apparaître comme le soleil
Qui se lève, rayonnant, et transperce leurs brumes :
Et ce plaisir, en vérité, je peux bien le lui accorder !

HOHENZOLLERN

La cour martiale cependant a rendu son verdict, dit-on ?

LE PRINCE VON HOMBURG

Oui, je sais : la peine de mort.

HOHENZOLLERN, *étonné.*

Tu le sais déjà ?

LE PRINCE VON HOMBURG

Golz, qui a assisté aux délibérations du conseil de guerre,
M'a rapporté la sentence.

HOHENZOLLERN

Mais alors, juste ciel ! Cela ne t'émeut pas ?

LE PRINCE VON HOMBURG

Moi ? Pas le moins du monde.

HOHENZOLLERN

Enragé !
Et sur quoi se fonde ton assurance ?

LE PRINCE VON HOMBURG

Sur le sentiment que j'ai de lui !

Il se lève.

Je t'en prie, laisse-moi !
À quoi bon me tourmenter avec des doutes inutiles ?

Il réfléchit un instant et se rassied. — Silence.

La cour martiale devait se prononcer pour la peine de mort.
Telle est la loi selon laquelle elle juge.
Mais avant qu'il fasse exécuter une telle sentence,
Avant qu'il livre, au signal d'un simple mouchoir,
Ce cœur qui l'aime loyalement à la balle d'un pistolet,
Avant cela, vois-tu, il s'ouvrirait plutôt la poitrine
Et laisserait son sang tomber goutte après goutte dans la poussière.

HOHENZOLLERN

Mais, Arthur, je t'assure —

LE PRINCE VON HOMBURG, *avec humeur.*

Ô mon cher ami !

HOHENZOLLERN

Le maréchal —

LE PRINCE VON HOMBURG, *toujours mécontent.*

Laisse-moi, mon ami !

HOHENZOLLERN

Deux mots encore !
S'ils te laissent froid eux aussi, je ne dirai plus rien.

LE PRINCE VON HOMBURG, *se retournant vers lui.*

Je sais tout, je te l'ai dit. — Allons, qu'y a-t-il ?

HOHENZOLLERN

Le maréchal vient de lui transmettre au château,
Et c'est étrange, la sentence de mort,
Et lui, au lieu de te gracier, comme le jugement
Lui en laisse la liberté, il a ordonné
Qu'on la lui soumette pour la signer.

LE PRINCE VON HOMBURG

Peu importe, tu m'entends.

HOHENZOLLERN

Peu importe ?

LE PRINCE VON HOMBURG

Pour la signer ?

HOHENZOLLERN

Parole d'honneur ! Je puis te l'assurer.

LE PRINCE VON HOMBURG

La sentence ? — Non ! Le document — ?

HOHENZOLLERN

L'arrêt de mort.

LE PRINCE VON HOMBURG

— Qui t'a dit ça ?

HOHENZOLLERN

Lui-même, le maréchal !

LE PRINCE VON HOMBURG

Quand ?

HOHENZOLLERN

À l'instant.

LE PRINCE VON HOMBURG

Après avoir vu Son Altesse ?

HOHENZOLLERN

Comme il descendait l'escalier après l'entrevue ! —
En me voyant bouleversé, il a ajouté
Que rien n'était encore perdu, que demain
Serait un autre jour pour te gracier ;
Mais ses lèvres blêmes démentaient
Les mots qu'elles prononçaient et disaient : je crains que non !

LE PRINCE VON HOMBURG *se lève.*

Il pourrait — non ! rouler dans son cœur
De si monstrueuses décisions ?
Pour un défaut à peine perceptible
Dans le diamant qu'il vient de recevoir,
Écraser dans la poussière celui qui lui en fait don ?
Un acte qui rendrait blanc comme neige le dey d'Alger,
Qui ornerait Sardanapale[1] d'ailes d'argent
Semblables à celles des chérubins et qui expédierait
À la droite de Dieu toute la lignée des tyrans
De la Rome antique, les déclarant innocents
Comme des enfants qui meurent sur le sein de leur mère ?

HOHENZOLLERN, *qui s'est levé à son tour.*

Il faut, mon ami, t'en convaincre.

LE PRINCE VON HOMBURG

Et le maréchal s'est tu et n'a rien dit ?

HOHENZOLLERN

Qu'aurait-il pu dire ?

LE PRINCE VON HOMBURG

Ô ciel ! Mon espoir !

HOHENZOLLERN

Aurais-tu fait un pas,
Soit volontairement soit inconsciemment,
Qui aurait froissé sa fierté ?

LE PRINCE VON HOMBURG

Jamais !

HOHENZOLLERN

Réfléchis !

LE PRINCE VON HOMBURG

Jamais, le ciel m'en est témoin !
Pour moi, l'ombre même de sa tête était sacrée.

HOHENZOLLERN

Pardonne-moi, Arthur, si j'en doute.
Le comte Horn, l'ambassadeur de Suède, est arrivé
Et sa mission, m'a-t-on assuré,
Concerne la princesse von Oranien.

Un mot prononcé par l'Électrice, ta tante,
A touché au plus vif notre souverain.
La demoiselle aurait déjà choisi, dit-on.
N'es-tu en rien concerné par ce choix ?

LE PRINCE VON HOMBURG

Ô mon Dieu ! Que dis-tu ?

HOHENZOLLERN

Tu l'es ? N'est-ce pas ?

LE PRINCE VON HOMBURG

Eh bien oui, mon ami ; à présent tout s'explique ;
La demande que j'ai faite me pousse à ma perte :
Sache que je suis responsable de son refus,
Car la princesse s'est fiancée à moi !

HOHENZOLLERN

Quel fol étourdi ! Qu'as-tu fait ?
Combien de fois, en fidèle ami, ne t'ai-je averti ?

LE PRINCE VON HOMBURG

Ô mon ami ! Au secours, sauve-moi ! Je suis perdu.

HOHENZOLLERN

Oui, que faire pour te tirer de cette impasse ?
Voudrais-tu parler à l'Électrice, ta tante ?

LE PRINCE VON HOMBURG, *se retournant.*

— Hé ! Garde !

UN GARDE DE LA CAVALERIE

Oui !

LE PRINCE VON HOMBURG

Appelez votre officier ! —

Il revêt en hâte un manteau qui était accroché au mur et se coiffe d'un chapeau à plumes qui se trouvait sur la table.

HOHENZOLLERN, *tout en l'aidant.*

La démarche peut, si tu t'y prends bien, t'apporter le salut.
— Car si l'Électeur peut conclure la paix
Avec le roi Charles pour le prix convenu,
Tu verras son cœur se réconcilier avec toi,
Et très vite, dans quelques heures, tu seras libre.

SCÈNE II

L'officier arrive. — Les mêmes que précédemment.

LE PRINCE VON HOMBURG, *s'adressant à l'officier.*

Stranz, je suis confié à ta garde !
Permets, pour une affaire urgente,
Que je m'éloigne une heure.

L'OFFICIER

Mon prince, tu n'es pas confié à ma garde.
L'ordre qu'on m'a donné est de te laisser
Aller librement où tu veux.

LE PRINCE VON HOMBURG

Étrange ! — Je ne suis donc pas prisonnier ?

L'OFFICIER

Pardonne-moi ! — Ta parole aussi est un lien.

HOHENZOLLERN, *se préparant à partir.*

Très bien ! Peu importe !

LE PRINCE VON HOMBURG

Allons, adieu donc !

HOHENZOLLERN

Le lien suit le prince comme son ombre !

LE PRINCE VON HOMBURG

Je vais simplement au château voir ma tante,
Et serai de retour dans deux minutes.

Tous sortent.

Scène : appartement de l'Électrice.

SCÈNE III

L'Électrice et Natalie arrivent.

L'ÉLECTRICE

Viens, ma fille, viens ! Ton heure sonne !
Le comte Gustave Horn, l'ambassadeur de Suède,
Et toute la délégation ont quitté le château ;
Je vois de la lumière dans le cabinet de ton oncle :
Viens, mets ton châle et glisse-toi chez lui,
Et vois si tu peux sauver ton ami.

Elles s'apprêtent à partir.

SCÈNE IV

Une dame d'honneur arrive. — Les mêmes que précédemment.

LA DAME D'HONNEUR

Le prince von Homburg, Madame, est à la porte.
— En vérité, je me demande si j'ai bien vu.

L'ÉLECTRICE, *stupéfaite.*

Ô Dieu !

NATALIE

Lui ?

L'ÉLECTRICE

N'est-il donc pas aux arrêts ?

LA DAME D'HONNEUR

Il est dehors, en chapeau à plumes et en manteau :
Il supplie, bouleversé, que vous l'entendiez sur l'heure.

L'ÉLECTRICE, *avec humeur.*

Quel fou ! Manquer ainsi à sa parole !

NATALIE

Qui sait ce qui le tourmente.

L'ÉLECTRICE, *après quelque hésitation.*

— Qu'il entre !

Elle s'assied sur une chaise.

SCÈNE V[1]

Le prince von Homburg arrive. Les mêmes que précédemment.

LE PRINCE VON HOMBURG

Ô ma mère !

Il tombe à genoux devant elle.

L'ÉLECTRICE

Prince ! Que cherchez-vous ici ?

LE PRINCE VON HOMBURG

Ô laisse-moi embrasser tes genoux, mère !

L'ÉLECTRICE, *réprimant son émotion.*

Vous êtes prisonnier, prince, et vous venez ici !
Pourquoi ajouter une faute nouvelle à l'ancienne ?

LE PRINCE VON HOMBURG, *insistant.*

Sais-tu ce qui m'est arrivé ?

L'ÉLECTRICE

Je sais tout !
Mais que puis-je, malheureuse, faire pour vous ?

LE PRINCE VON HOMBURG

Ô ma mère, tu ne parlerais pas ainsi,
Si, comme moi, tu étais cernée par l'épouvante de la mort[2] !
Tu me sembles posséder des pouvoirs célestes,

Salvateurs, toi, la demoiselle et tes femmes,
Tous ceux qui sont autour de moi ; je pourrais supplier
Le dernier des palefreniers qui soigne tes chevaux,
Et m'accrocher à son cou : sauve-moi !
Moi seul sur cette vaste terre
Suis désemparé, abandonné, et ne puis rien !

L'ÉLECTRICE

Tu es hors de toi. Que s'est-il passé ?

LE PRINCE VON HOMBURG

Ah, sur le chemin qui me conduisait à toi
J'ai vu, à la lueur des flambeaux, creuser
La tombe qui demain accueillera mes ossements.
Vois, ma tante, ces yeux qui te regardent,
On veut les plonger dans la nuit, cette poitrine,
On veut la transpercer de balles meurtrières.
Sur la place du marché, les fenêtres qui donnent
Sur ce spectacle de désolation sont déjà réservées,
Et celui qui aujourd'hui, à la cime de la vie,
Embrasse du regard son avenir comme un royaume de fées,
Sera allongé demain, puant, entre deux planches étroites,
Et une pierre dira de lui : il fut !

À ces mots, la princesse qui jusque-là s'était tenue à l'écart, appuyée à l'épaule d'une dame d'honneur, s'assied à une table et pleure, bouleversée.

L'ÉLECTRICE

Mon fils ! Si telle est la volonté du ciel,
Tu t'armeras de courage et de fermeté !

LE PRINCE VON HOMBURG

Ô mère, le monde créé par Dieu est si beau !
Ne me laisse pas, je t'en supplie, descendre
Parmi les ombres noires avant que mon heure ait sonné !
Qu'il me punisse autrement, si j'ai failli,
Pourquoi justement une balle ?
Qu'il me destitue de mes fonctions,
Qu'il me dégrade si la loi l'exige,
Qu'il m'écarte de l'armée, Dieu du ciel !
Depuis que j'ai vu ma tombe, je ne veux plus que vivre
Et il importe peu de savoir si cela est glorieux !

L'ÉLECTRICE

Lève-toi mon fils ; lève-toi. Que dis-tu là ?
Tu es trop bouleversé. Ressaisis-toi !

LE PRINCE VON HOMBURG

Non, ma tante, pas avant que tu m'aies juré
D'aller te prosterner devant lui, notre auguste souverain,
Pour l'implorer de me sauver la vie !
À Homburg, c'est à toi qu'Hedwige m'a confié
En mourant, et cette amie de jeunesse t'a dit :
Sois une mère pour lui quand je ne serai plus.
Profondément émue, agenouillée près du lit,
Tu t'es penchée sur sa main et tu as répondu :
Il sera pour moi comme si je l'avais enfanté.
Eh bien, je te rappelle aujourd'hui ces paroles !
Va le trouver comme si tu m'avais enfanté et dis-lui :
Grâce ! J'implore sa grâce ! Laisse-le libre !
Ah ! Et reviens vers moi et dis-moi : tu l'es !

L'ÉLECTRICE *pleure.*

Mon fils chéri ! C'est déjà fait !
Mais toutes mes supplications sont restées vaines !

LE PRINCE VON HOMBURG

Je renonce à tout bonheur.
Natalie, n'oublie pas de lui dire,
Je ne la désire plus, dans mon cœur
Toute tendresse pour elle est éteinte.
Elle est libre à nouveau comme la biche dans les bois ;
De sa main et de sa bouche, comme si je n'avais jamais
existé,
Elle peut faire don de soi, et si c'est à Charles-Gustave,
Le roi de Suède, je l'en félicite.
Je vais retourner dans mes terres rhénanes ;
J'y construirai, j'y détruirai,
J'en ruissellerai de sueur, j'y sèmerai, j'y récolterai
Comme si j'avais femme et enfants et j'en jouirai seul,
Et lorsque j'aurai récolté, je sèmerai à nouveau,
Et je pousserai la vie dans ce manège
Jusqu'à ce qu'au soir elle tombe et meure.

L'ÉLECTRICE

Allons, retourne maintenant dans ta prison,
C'est là la première exigence de ma faveur.

LE PRINCE VON HOMBURG *se relève*
et se tourne vers la princesse.

Pauvre petite fille, tu pleures ! Le soleil ne brille
Aujourd'hui que pour enterrer tous tes espoirs !
Ton premier sentiment m'avait choisi,
Et ton visage, fidèle comme l'or, me dit

Que jamais tu ne te voueras à un autre.
Oui, quelle consolation pourrais-je t'offrir, pauvre de moi ?
Va dans un couvent sur les rives du Main, c'est là mon conseil,
Va chez ta cousine Thurn, va chercher dans les montagnes
Un petit garçon aux boucles blondes comme les miennes,
Achète-le avec de l'or et de l'argent, serre-le
Contre ton cœur et apprends-lui à balbutier : maman !
Et quand il sera plus grand, enseigne-lui
Comment on ferme les yeux aux mourants.
C'est là tout le bonheur que l'avenir te réserve !

NATALIE, *courageuse et réconfortante, se lève et met sa main dans celle du prince.*

Va, jeune héros, retourne dans ta prison,
Et sur le chemin du retour, regarde une fois encore,
Calmement, la fosse qu'on creuse pour toi !
Elle n'est ni plus sombre ni plus large
Que celle que la bataille t'a laissé entrevoir mille fois !
En attendant, je tenterai, fidèle jusque dans la mort,
D'intervenir en ta faveur auprès de mon oncle :
Peut-être parviendrai-je à attendrir son cœur
Et à te délivrer de toutes tes peines !

Silence.

LE PRINCE VON HOMBURG, *la contemplant éperdu, joint les mains.*

Si tu avais deux ailes, ô vierge, sur tes épaules,
Je te prendrais pour un ange, vraiment ! —

Mon Dieu ! Ai-je bien entendu ? Toi, intervenir en ma faveur ?
— Où cachais-tu jusqu'ici le carquois de la parole,
Ma douce enfant, pour oser
En pareille circonstance affronter le souverain ? —
— Ô lueur d'espoir qui soudain me réconforte !

NATALIE

Dieu me tendra les flèches qui atteignent leur cible ! —
Mais si l'Électeur ne peut rien changer
Au verdict, s'il ne le peut : eh bien
Tu te soumettras, courageux, à lui, le courageux :
Et celui qui dans la vie fut mille fois vainqueur,
Saura vaincre aussi dans la mort !

L'ÉLECTRICE

Allons ! — Le temps presse, il nous est précieux !

LE PRINCE VON HOMBURG

Eh bien, puissent tous les saints du ciel te protéger !
Adieu ! Adieu ! Et quoi que tu obtiennes,
Daigne me faire savoir le résultat de cette entrevue.

Tous sortent.

ACTE IV

Scène : la chambre de l'Électeur.

SCÈNE I

Des papiers à la main, l'Électeur se tient près d'une table éclairée par des candélabres. Natalie entre par la porte du milieu et, à quelque distance, s'agenouille devant lui.

Silence.

NATALIE, *à genoux.*

Mon noble oncle, Friedrich de Brandebourg !

L'ÉLECTEUR *pose ses papiers.*

Natalie !

Il veut la relever.

NATALIE

Laisse ! Laisse !

L'ÉLECTEUR

Que veux-tu, ma chérie ?

NATALIE

À tes pieds dans la poussière, comme il se doit,
Implorer la grâce de mon cousin Homburg !
Ce n'est pas pour moi-même que je veux le savoir épargné —
Mon cœur le désire, je te le confesse ;
Ce n'est pas pour moi-même que je veux le savoir épargné —
Qu'il épouse la femme qui lui plaira ;
Mon seul vœu est qu'il soit là, mon cher oncle,
Juste là, indépendant, libre et affranchi
Comme une fleur qui me plaît :
Voilà ce que j'implore, mon souverain maître et ami,
Et je sais que tu exauceras cette prière.

L'ÉLECTEUR *la relève.*

Ma petite fille ! Quelles paroles viennent de t'échapper ?
— Sais-tu le crime que ton cousin Homburg a commis ?

NATALIE

Ô mon cher oncle !

L'ÉLECTEUR

Eh bien ? N'a-t-il commis aucun crime ?

NATALIE

Oh, cet égarement, si blond aux yeux si bleus,
Qu'avant même qu'il ait balbutié : je t'en supplie !
Le pardon devrait relever de terre :
Tu ne saurais le repousser du pied !

Presse-le sur ton cœur, ne serait-ce que
Pour l'amour de la mère qui l'enfanta,
Et crie : viens, ne pleure pas,
Tu m'es aussi cher qu'elle, ma fidèle amie[1] !
N'est-ce pas le zèle d'agir pour la gloire de ton nom
Qui, au moment du combat, l'a entraîné
À franchir les bornes de la loi ?
Et ces bornes franchies, hélas, dans son ardeur juvénile,
N'a-t-il pas, viril, écrasé sous son pied la tête du dragon ?
D'abord le couronner, parce qu'il est vainqueur, puis le décapiter,
Ce n'est pas ce que l'Histoire exige de toi ;
Ce serait là si souverain, mon cher oncle,
Qu'on pourrait presque le qualifier d'inhumain :
Or Dieu n'a rien créé de plus clément que toi.

L'ÉLECTEUR

Ma douce enfant ! Vois-tu, si j'étais un tyran,
Tes paroles, je le sens bien, auraient
Déjà fait fondre mon cœur dans ma poitrine d'airain[2].
Mais je te le demande à toi : puis-je
Annuler la sentence que le tribunal a prononcée ? —
Quelle en serait la conséquence ?

NATALIE

Pour qui ? Pour toi ?

L'ÉLECTEUR

Pour moi, non ! — Comment ? Pour moi !
Ne connais-tu, jeune fille, rien de plus élevé que moi ?
Ignores-tu tout de cette chose sacrée
Que dans l'armée on appelle patrie ?

NATALIE

Oh, mon souverain ! De quoi t'inquiètes-tu ? Cette patrie[1] !
Elle ne va pas, sous l'impulsion de ta grâce,
S'effondrer d'un seul coup !
Au contraire, ce que toi, formé dans l'armée,
Tu appelles désordre, cette décision d'abolir délibérément,
Dans ce cas précis, la sentence des juges,
M'apparaît comme le plus beau des commandements :
La loi martiale, je le sais, doit régner,
Mais la douceur des sentiments a aussi droit de cité.
La patrie que tu as fondée pour nous, mon oncle vénéré,
Se dresse telle une citadelle :
Elle supportera, n'en doutons pas,
Bien d'autres tempêtes que cette victoire fortuite ;
Elle sera magnifiquement achevée,
Embellie à l'avenir par la main de ta descendance
Qui, lui ajoutant des créneaux, en fera un château féerique,
Elle sera la joie des amis et la terreur des ennemis :
Elle n'a nul besoin du ciment froid et triste
Que constituerait le sang d'un ami, pour survivre
Au splendide et paisible automne de mon oncle.

L'ÉLECTEUR

Ton cousin Homburg pense-t-il de la sorte ?

NATALIE

Mon cousin Homburg ?

L'ÉLECTEUR

Pense-t-il qu'il importe peu, pour la patrie,
Qu'y règne l'arbitraire ou la loi ?

NATALIE

Ah ! Il est si jeune !

L'ÉLECTEUR

Eh bien ?

NATALIE

Ah ! Mon cher oncle ! —
Je n'ai que mes larmes pour répondre.

L'ÉLECTEUR, *perplexe.*

Pourquoi, ma petite fille ? Que s'est-il passé ?

NATALIE, *hésitant,*

Il ne pense plus qu'à une chose à présent : son salut !
Les canons des fusils épaulés, braqués sur lui,
Sont si effroyables à ses yeux, qu'effaré, pris de vertige,
Tous les désirs, hormis celui de vivre, se sont tus en lui :
Sous les éclairs et le tonnerre, il pourrait
Voir sombrer tout le Brandebourg
Qu'il ne demanderait même pas : que se passe-t-il ?
Ah ! Quel cœur héroïque tu as brisé !

Elle se détourne et pleure.

L'ÉLECTEUR, *au comble de l'étonnement.*

Non, ma très chère Natalie,
C'est impossible, voyons ! — Il implore sa grâce ?

NATALIE

Ah ! Si seulement tu ne l'avais, jamais, jamais condamné !

L'ÉLECTEUR

Non, dis-moi : il implore sa grâce ? — Dieu du ciel,
Que s'est-il passé, ma chère enfant ? Pourquoi pleures-tu ?
Lui as-tu parlé ? Dis-moi tout ! Lui as-tu parlé ?

NATALIE, *la tête appuyée contre la poitrine de l'Électeur.*

À l'instant même, dans les appartements de ma tante,
Où il est arrivé, vois-tu, en manteau et chapeau,
Furtivement, à la faveur du crépuscule :
Hagard et farouche, honteux, sans aucune dignité,
Spectacle affligeant, pitoyable !
Qu'un homme que l'Histoire célèbre en héros
Pût sombrer en pareille détresse, jamais je ne l'aurais cru.
Regarde-moi, je suis une femme, et je recule d'horreur
À la vue d'un ver qui s'approche de mon talon :
Et pourtant, même sous l'aspect d'un lion horrible,
La mort ne me trouverait pas à ce point broyée,
Désemparée, dépourvue de tout héroïsme !
— Ah ! Qu'est-ce que la grandeur, la gloire des hommes ?

L'ÉLECTEUR, *troublé.*

Eh bien, par le Dieu du ciel et de la terre,
Courage, mon enfant ; il est libre !

NATALIE

Comment, mon souverain et maître ?

L'ÉLECTEUR

Il est gracié ! —
Je vais sur-le-champ le lui faire savoir.

NATALIE

Oh, mon oncle bien-aimé, est-ce bien vrai ?

L'ÉLECTEUR

Tu m'as bien entendu !

NATALIE

Il serait pardonné ? Il ne va pas mourir ?

L'ÉLECTEUR

J'en fais serment ! Je te le jure ! Comment pourrais-je
M'opposer à l'opinion d'un tel guerrier ?
Tu n'ignores pas que j'éprouve au fond de moi
Un très grand respect pour ses sentiments :
S'il peut estimer que le verdict est injuste,
Je casse le jugement : il est libre[1] ! —

Il lui apporte un siège.

Veux-tu t'asseoir un instant ?

Il se dirige vers la table, s'assied et écrit.

Silence.

NATALIE, *à part.*

Ah, mon cœur, qu'as-tu à cogner si fort ?

L'ÉLECTEUR, *écrivant.*

Le prince est-il encore au château ?

NATALIE

Pardonne-moi !
Il est retourné dans sa prison. —

L'ÉLECTEUR *finit d'écrire sa lettre et la cachette.*
La lettre à la main,
il retourne vers la princesse.

Ma petite fille, ma nièce chérie a donc pleuré, vraiment ?
Et moi qui suis le dépositaire de sa joie,
Il a fallu que je trouble le ciel de ses doux yeux !

Il l'entoure de son bras.

Veux-tu lui remettre toi-même la lettre ? —

NATALIE

Comment ? À la prison de la ville ?

L'ÉLECTEUR *lui met la lettre dans la main.*

Et pourquoi pas ? — Holà, heiduques[1] !

Des heiduques arrivent.

Qu'on avance la voiture ! La princesse
Doit se rendre auprès du colonel von Homburg !

Les heiduques ressortent.

Ainsi pourra-t-il aussitôt te remercier pour sa vie.

Il l'embrasse.

Ma chère enfant ! M'en veux-tu encore ?

NATALIE, *après un silence.*

Ce que ta clémence, ô mon seigneur, a soudain éveillé,
Je ne le sais et ne cherche pas à le savoir.
Mais ce que je sens, vois-tu, au fond de mon cœur,
C'est que tu ne saurais te moquer bassement de moi :
Quel que soit le contenu de cette lettre,
J'ai foi en son salut — et je t'en remercie !

Elle lui baise la main.

L'ÉLECTEUR

Certes, ma petite fille, certes ! Et c'est, j'en suis certain,
Le salut que désire ton cousin Homburg.

Il sort.

Scène : la chambre de la princesse.

SCÈNE II

La princesse Natalie arrive, suivie de deux dames d'honneur et du capitaine de cavalerie, le comte Reuss.

NATALIE, *précipitamment.*

Qu'apportez-vous là, comte ? — De mon régiment ?
Est-ce important ? Cela peut-il attendre demain ?

LE COMTE REUSS
lui remet une missive.

Une lettre du colonel Kottwitz, Madame !

NATALIE

Vite ! Donnez-la-moi ! Que contient-elle ?

Elle l'ouvre.

LE COMTE REUSS

Une requête,
Franche, comme vous voyez, mais pleine de respect,
À Son Altesse notre maître, rédigée
En faveur du prince von Homburg, notre chef.

NATALIE *lit.*

« Supplique présentée humblement
Par le régiment, Princesse von Oranien. » —

Silence.

Qui est l'auteur cette requête ?

LE COMTE REUSS

Comme le laisse deviner l'écriture incertaine,
Le colonel Kottwitz en personne. —
D'ailleurs, son illustre nom figure en tête.

NATALIE

Et les trente signatures qui suivent — ?

LE COMTE REUSS

Les noms des officiers, Mademoiselle,
L'un après l'autre, dans l'ordre hiérarchique.

NATALIE

Et c'est à moi, à moi que l'on envoie la requête ?

LE COMTE REUSS

Pour vous demander humblement, Mademoiselle,
Si à votre tour, en tant que chef, vous consentez
À inscrire votre nom en tête, à la place laissée en blanc.

Silence.

NATALIE

À vrai dire, je crois savoir que le prince, mon illustre cousin,
Sera gracié par notre souverain selon sa propre décision,
Une telle mesure n'est donc pas nécessaire.

LE COMTE REUSS, *réjoui.*

Comment ? Vraiment ?

NATALIE

Cependant, je ne me déroberai pas et signerai
Cette feuille qui, utilisée à bon escient, pourrait
Peser dans la décision de notre souverain
Et peut-être même être la bienvenue au moment de trancher —
Ainsi, selon votre vœu, j'y appose
Mon nom en tête des vôtres.

Elle s'apprête à signer.

LE COMTE REUSS

Nous vous en serons vivement reconnaissants, vraiment !

Silence.

NATALIE *se tourne à nouveau vers lui.*

Je ne trouve que mon régiment, comte Reuss !
Pourquoi n'y a-t-il pas les cuirassiers de Bomsdorf
Et les dragons de Götz et d'Anhalt-Pleß ?

LE COMTE REUSS

Non pas, comme vous le craignez peut-être,
Parce que leurs cœurs sont plus tièdes que les nôtres ! —
Malheureusement pour la supplique, il se trouve
Que Kottwitz est cantonné à Arnstein,
Loin des autres régiments, qui eux
Ont leur campement ici, près de la ville.
Pour une question de facilité et de sécurité,
Cette lettre ne peut efficacement toucher tout le monde.

NATALIE

Pourtant, la lettre ainsi manque de poids, me semble-t-il. Non ? —
Êtes-vous certain, comte, que si vous vous rendiez sur place
Et parliez à ces messieurs dont les noms sont ici réunis,
Eux aussi se joindraient à cette requête ?

LE COMTE REUSS

Ici, dans cette ville, Mademoiselle ? — Tous sans exception !
Les soldats de la cavalerie, tous autant qu'ils sont,
Engageraient leur nom ; par Dieu, je crois bien
Que dans toute l'armée de Prusse
On pourrait ouvrir avec succès une souscription !

NATALIE, *après un silence.*

Pourquoi ne dépêchez-vous pas des officiers
Pour s'occuper de cette affaire ici dans l'armée ?

LE COMTE REUSS

Pardonnez-moi ! — Le colonel s'y est refusé !
— Il souhaite, a-t-il dit, ne rien faire
Que l'on pût baptiser d'un méchant nom.

NATALIE

Quel homme bizarre ! Tantôt hardi, tantôt pusillanime ! —
Il me revient tout à coup, fort heureusement, que le prince électeur,
Pressé par d'autres affaires, m'a chargé de transmettre
À Kottwitz, qui se trouve là-bas fort à l'étroit dans les écuries,
Un ordre de marche afin qu'il prenne ici ses quartiers[1] ! —
Je vais m'asseoir pour le rédiger sur-le-champ.

Elle s'assied et écrit.

LE COMTE REUSS

Par le ciel, Mademoiselle, quelle excellente initiative.
Il ne pouvait rien arriver de plus favorable pour notre lettre !

NATALIE, *tout en écrivant.*

Tâchez d'en tirer le meilleur parti possible, monsieur le comte.

Elle ferme la lettre, la cachette et se relève.

Pour le moment, il va de soi que ce message
Reste dans votre portefeuille ; vous ne partirez
À Arnstein et ne la remettrez à Kottwitz
Que lorsque je vous en aurai formellement donné l'ordre.

Elle lui remet la lettre.

LE HEIDUQUE *arrive.*

La voiture, Mademoiselle, sur l'ordre de Son Altesse,
Est attelée dans la cour et vous attend !

NATALIE

Faites-la avancer ! Je descends tout de suite.

Un silence durant lequel elle s'avance vers la table, pensive, et enfile ses gants.

Voulez-vous m'accompagner, monsieur le comte,
Chez le prince von Homburg avec qui j'ai à parler ?
Il y a une place pour vous dans ma voiture.

LE COMTE REUSS

Quel honneur, Mademoiselle, en vérité — !

Il lui offre son bras.

NATALIE, *aux dames d'honneur.*

Suivez-moi, mes amies ! — Peut-être prendrai-je là-bas,
Sans délai, une décision au sujet de la lettre.

Tous sortent.

Scène : la prison du prince.

SCÈNE III

Le prince von Homburg suspend son chapeau au mur et s'installe négligemment sur un coussin posé par terre.

LE PRINCE VON HOMBURG

Le derviche appelle la vie un voyage,
Voyage fort bref, assurément ! De deux empans
Au-dessus de la terre à deux empans au-dessous.
J'ai, quant à moi, l'intention de m'installer à mi-chemin !
Qui porte encore sa tête sur ses épaules aujourd'hui
Peut dès le lendemain la retrouver ballottant sur son corps
Et le surlendemain gisant à côté de ses pieds.
Certes, un soleil, dit-on, brille aussi là-bas,
Et sur des champs plus colorés encore qu'ici :
Je veux bien le croire ; dommage seulement que l'œil
Appelé à contempler une telle merveille pourrisse.

SCÈNE IV

La princesse Natalie arrive, conduite par le capitaine de cavalerie, le comte Reuss. Des dames d'honneur suivent. Ils sont précédés par un courrier portant un flambeau. — Le prince von Homburg.

LE COURRIER

Son Altesse, la princesse von Oranien !

LE PRINCE VON HOMBURG *se lève.*

Natalie !

LE COURRIER

La voici en personne !

NATALIE, *s'inclinant en direction du comte.*

Laissez-nous seuls un instant !

Le comte Reuss et le courrier se retirent.

LE PRINCE VON HOMBURG

Ma très chère demoiselle !

NATALIE

Mon cher et bon cousin !

LE PRINCE VON HOMBURG
l'entraîne vers le devant de la scène.

Eh bien, dites-moi, qu'apportez-vous ? Parlez ? Qu'en est-il de moi ?

NATALIE

Bien, tout va bien. Comme je vous l'avais dit tantôt,
Vous êtes gracié, libre ; voici une lettre
Écrite de sa main qui le confirme.

LE PRINCE VON HOMBURG

Ce n'est pas possible ! Non ! C'est un rêve !

NATALIE

Lisez, lisez la lettre ! Ainsi vous saurez.

LE PRINCE VON HOMBURG *lit.*

« Mon prince von Homburg, lorsque je vous fis mettre aux arrêts
En raison de votre attaque prématurée,
Je ne croyais faire que mon devoir,
Et comptais sur votre propre assentiment.
Si vous estimez avoir été victime d'une injustice,
Faites-le-moi savoir en deux mots, je vous prie —
Je vous renverrai sur-le-champ votre épée. »

Natalie pâlit[1]*. Silence. Le prince la regarde, interrogateur.*

NATALIE, *avec une expression de joie soudaine.*

Eh bien, c'est écrit là ! Deux mots seulement — !
Oh, mon cher et tendre ami !

Elle lui presse la main.

LE PRINCE VON HOMBURG

Ma chère demoiselle !

NATALIE

Oh, quel jour heureux s'est levé pour moi !
Voici, prenez, voici ma plume ; prenez-la et écrivez !

LE PRINCE VON HOMBURG

Et là, la signature ?

NATALIE

F ; c'est son paraphe ! —
Oh Bork ! Réjouissez-vous donc ! — Ah, sa clémence
Est aussi infinie que la mer, je le savais. —
Apportez une chaise, qu'il écrive tout de suite.

LE PRINCE VON HOMBURG

Il dit, si j'estimais que — ?

NATALIE *l'interrompt.*

Bien sûr ! Vite ! Asseyez-vous ! Je vais vous dicter.

Elle lui avance une chaise.

LE PRINCE VON HOMBURG

— Je veux relire la lettre.

NATALIE *lui arrache la lettre des mains.*

À quoi bon ? — N'avez-vous pas déjà vu dans la cathédrale
La tombe, gueule grande ouverte, qui vous attend ? —
Le temps presse. Asseyez-vous et écrivez !

LE PRINCE VON HOMBURG, *souriant.*

À vous entendre, vraiment, j'ai l'impression
Qu'elle va m'assaillir, telle une panthère.

Il s'assied et prend une plume.

NATALIE *se détourne et pleure.*

Écrivez si vous ne voulez pas me fâcher !

Le prince sonne pour appeler un serviteur ; celui-ci entre.

LE PRINCE VON HOMBURG

Du papier et une plume, la cire et le cachet !

Après avoir réuni ces objets, le serviteur sort.
Le prince écrit. — Silence.

LE PRINCE VON HOMBURG, *déchirant la lettre qu'il vient de commencer et la jetant sous la table.*

Préambule stupide.

Il prend une autre feuille.

NATALIE *ramasse la lettre.*

Comment ? Que disiez vous ? —
Mon Dieu, mais c'est bien ; c'est excellent !

LE PRINCE VON HOMBURG, *marmonnant dans sa barbe.*

Pouah ! — C'est la version d'un gredin, non celle d'un prince. —
Il me faut trouver une autre tournure.

Silence. — Il veut prendre la lettre de l'Électeur que la princesse tient à la main.

Que dit-il en fait dans la lettre ?

NATALIE, *lui refusant la lettre.*

Rien, rien du tout !

LE PRINCE VON HOMBURG

Donnez !

NATALIE

Mais vous l'avez lue !

LE PRINCE VON HOMBURG *s'empare de la lettre.*

Quand même !
Je veux simplement voir comment je dois tourner la chose.

Il la déplie et la survole.

NATALIE, *à part.*

Oh, Dieu du monde ! C'en est fait de lui !

LE PRINCE VON HOMBURG, *consterné.*

Tiens donc ! Très étrange, vraiment !
— Sans doute n'as-tu pas lu ce passage ?

NATALIE

Non ! — Lequel ?

LE PRINCE VON HOMBURG

C'est à moi qu'il demande de trancher !

NATALIE

Eh bien oui !

LE PRINCE VON HOMBURG

Vraiment très bien, en effet, très digne !
Très comme il faut qu'un cœur magnanime s'exprime !

NATALIE

Oh, sa magnanimité, mon ami, est sans bornes !
— Mais à présent, fais ce que tu dois faire, écris
Comme il le demande ; tu vois, c'est le prétexte,
La forme seulement qui importe :

Dès qu'il aura tes deux mots entre les mains,
Finie toute cette dispute !

LE PRINCE VON HOMBURG *repose la lettre.*

Non, ma chère !
Je vais réfléchir à la chose jusqu'à demain.

NATALIE

Je ne te comprends pas ! D'où vient ce revirement ? —
Pourquoi ? Pour quelle raison ?

LE PRINCE VON HOMBURG
se lève brusquement de sa chaise.

Je t'en prie, ne me pose pas de questions !
Tu n'as pas bien pesé le contenu de cette lettre !
Qu'il ait été injuste envers moi, ce qu'il me demande,
Je ne puis lui écrire ; si tu me forces
À lui répondre dans l'état d'esprit où je suis,
J'écris : Par Dieu, tu me fais justice.

Il se rassied à la table, les bras croisés, et considère la lettre.

NATALIE, *pâle.*

Es-tu fou ! Qu'est-ce que tu viens de dire là ?

Elle se penche sur lui avec émotion.

LE PRINCE VON HOMBURG *lui presse la main.*

Attends un instant ! Il me semble —

Il réfléchit.

NATALIE

Que dis-tu ?

LE PRINCE VON HOMBURG

Je crois savoir ce qu'il me faut écrire.

NATALIE, *douloureusement.*

Homburg !

LE PRINCE VON HOMBURG *prend la plume.*

Je t'écoute ! Qu'y a-t-il ?

NATALIE

Mon tendre ami !
Je salue l'émotion qui s'est emparée de ton cœur.
Mais je te jure une chose : le régiment
Qui demain, d'une salve de mousquetons,
Te rendra un dernier hommage, uni,
Devant la tombe où tu seras enseveli,
À d'ores et déjà été désigné.
Si tu ne peux, noble comme tu l'es, t'opposer
Au verdict, demander que la sentence soit levée
Et faire ce qu'il demande dans cette lettre :
Alors, je puis te l'assurer, il saura se montrer
Sublime, à la hauteur de l'occasion, et fera
Demain, plein de compassion, exécuter la sentence.

LE PRINCE VON HOMBURG, *écrivant.*

Qu'importe !

NATALIE

Qu'importe ?

LE PRINCE VON HOMBURG

Qu'il agisse comme il en a le droit,
Il m'appartient, à moi, d'agir comme je dois !

NATALIE, *effrayée, s'approche de lui.*

Monstre, je crois que tu as écrit ?

LE PRINCE VON HOMBURG *termine sa lettre.*

« Homburg, fait à Fehrbellin, le douze — »
Voilà, j'ai fini. — Franz !

Il met la lettre sous pli et la cachette.

NATALIE

Ô Dieu du ciel !

LE PRINCE VON HOMBURG *se lève.*

Porte cette lettre au château, à mon souverain !

Le serviteur se retire.

Face à un homme qui se montre si digne,
Je ne veux pas être d'une bassesse insigne.
Je suis coupable d'une faute grave,
Je le reconnais, assurément ; s'il ne peut
Me pardonner qu'au prix d'un démêlé,
Je préfère ne rien savoir de sa grâce.

NATALIE *l'embrasse.*

Prends ce baiser ! — Quand bien même douze balles
Devraient à présent te coucher dans la poussière, je ne pourrais
M'empêcher de me réjouir, de pleurer et de dire : tu me plais !
— Cependant, si tu suis la voix de ton cœur,
Il m'est permis de suivre la mienne.
— Comte Reuss !

Le courrier ouvre la porte. Le comte arrive.

LE COMTE REUSS

Oui !

NATALIE

Allez porter votre lettre
Au colonel von Kottwitz, à Arnstein !
Que le régiment se mette en marche, son chef l'ordonne ;
Je l'attends ici même avant minuit !

Tous sortent.

ACTE V

Scène : une salle du château.

SCÈNE I

L'Électeur entre, à moitié dévêtu, venant du cabinet voisin ; il est suivi du comte Truchss, du comte Hohenzollern et du capitaine de cavalerie von der Golz. — Des pages avec des flambeaux.

L'ÉLECTEUR

Kottwitz ? Avec les dragons de la princesse ?
Ici, dans la ville ?

LE COMTE TRUCHSS *ouvre la fenêtre.*

Oui, Altesse !
Ici, en formation devant le château.

L'ÉLECTEUR

Eh bien messieurs ? Allez-vous m'expliquer ce mystère ?
— Qui l'a appelé ici ?

HOHENZOLLERN

Je ne sais pas, Altesse.

L'ÉLECTEUR

La place que je lui ai assignée se nomme Arnstein !
Vite ! Que quelqu'un me l'amène ici.

GOLZ

Il ne va pas tarder, Altesse, il sera là dans un instant !

L'ÉLECTEUR

Où est-il ?

GOLZ

À l'hôtel de ville, me dit-on,
Où sont rassemblés tous les généraux
Qui servent ta maison.

L'ÉLECTEUR

Pourquoi faire ? Dans quel but ?

HOHENZOLLERN

Je l'ignore.

LE COMTE TRUCHSS

Son Altesse veut-elle bien nous permettre
De nous y rendre également pour un moment ?

L'ÉLECTEUR

Où ça ? À l'hôtel de ville ?

HOHENZOLLERN

À l'assemblée de ces messieurs !
Nous avons promis de les y rejoindre.

L'ÉLECTEUR, *après un bref silence.*

— Vous pouvez disposer !

GOLZ

Venez, messieurs !

Les officiers sortent.

SCÈNE II

L'Électeur. Plus tard, deux serviteurs.

L'ÉLECTEUR

Étrange ! — Si j'étais le dey de Tunis
Je ferais grand bruit d'une affaire aussi suspecte.
Je poserais la cordelette de soie sur ma table,
Et devant le portail barricadé de palissades
J'installerais canons et obusiers[1].
Mais comme il s'agit de Hans Kottwitz de Priegnitz
Qui vient à moi sans crier gare, de son propre chef,
Je vais procéder à la prussienne :
Le prendre par l'une de ses trois boucles
Qui brillent d'un éclat argenté sur son crâne,
Et le reconduire sans bruit, avec ses douze escadrons,
Jusqu'à son quartier général d'Arnstein.
À quoi bon réveiller toute la ville ?

Il revient un instant près de la fenêtre, puis retourne à la table et sonne; deux serviteurs arrivent.

L'ÉLECTEUR

Va vite faire un tour en bas et demande, comme si c'était pour toi,
Ce qui se passe à l'hôtel de ville.

LE SERVITEUR

J'y vais de ce pas, monseigneur !

Il sort.

L'ÉLECTEUR, *au second serviteur.*

Et toi, va et apporte-moi mes vêtements !

Le second serviteur sort et apporte les vêtements; l'Électeur s'habille et revêt ses insignes princiers.

SCÈNE III

Le maréchal Dörfling arrive. — Les mêmes que précédemment.

LE MARÉCHAL

Rébellion, mon prince !

L'ÉLECTEUR, *encore occupé à s'habiller.*

Du calme, du calme ! Je déteste, tu le sais,
Que l'on entre chez moi sans se faire annoncer.
— Que veux-tu ?

LE MARÉCHAL

Altesse, un événement — pardonne-moi ! —,
D'une gravité particulière me conduit ici.
Le colonel Kottwitz, sans en avoir reçu l'ordre,
Est entré dans la ville ; une centaine d'officiers
Sont rassemblés autour de lui dans la salle d'armes ;
Une feuille circule parmi eux,
Qui vise à empiéter sur tes droits.

L'ÉLECTEUR

Je suis déjà au courant ! — Ce ne sera probablement
Qu'un mouvement en faveur du prince
Que la loi a condamné à être fusillé.

LE MARÉCHAL

C'est bien ça ! Par le Dieu tout-puissant ! Tu as touché juste !

L'ÉLECTEUR

Eh bien ! — Mon cœur est avec eux[1].

LE MARÉCHAL

On dit que pas plus tard qu'aujourd'hui ces insensés
Veulent venir te présenter leur requête au château et,
Au cas où tu persisterais, intraitable dans ta colère,
À maintenir le verdict — j'ose à peine t'en faire part !
Aller le libérer par la force dans sa prison !

L'ÉLECTEUR, *sombre.*

Qui t'a dit ça ?

LE MARÉCHAL

Qui me l'a dit ?
La dame Retzow, à qui tu peux faire confiance,
La cousine de ma femme ! Elle était ce soir
Dans la maison de son oncle, le prévôt de Retzow,
Où des officiers venus du camp
Ont parlé tout haut de ce dessein éhonté.

L'ÉLECTEUR

Je ne le croirai que lorsqu'un homme me l'aura dit en face !
De ma botte posée devant sa maison
Je le protégerai de ces jeunes héros[1] !

LE MARÉCHAL

Seigneur, je t'en conjure, si vraiment
Ta volonté est de gracier le prince :
Fais-le avant qu'un pas fort détestable ne soit franchi !
Toute armée, tu le sais bien, aime son héros ;
Ne permets pas que cette étincelle qui l'enflamme
Se transforme en funeste incendie se propageant partout.
Kottwitz ne sait pas encore, ni la troupe qu'il a rassemblée,
Qu'en ami fidèle je suis venu t'avertir ;
Renvoie, avant qu'il se présente, l'épée au prince,
Renvoie-la, comme, enfin, il le mérite :
Tu donneras aux gazettes l'occasion d'annoncer
Un exploit de plus et un forfait de moins.

L'ÉLECTEUR

Il me faudrait d'abord demander au prince :
Ce n'est pas l'arbitraire, tu le sais bien,

Qui l'a mis dans les fers, ce n'est pas lui qui peut le libérer. —
Je veux parler à ces messieurs lorsqu'ils se présenteront.

LE MARÉCHAL, *à part.*

Malédiction ! — Il est à l'épreuve de toutes les flèches.

SCÈNE IV

Deux heiduques arrivent; l'un d'eux tient une lettre à la main.
— Les mêmes que précédemment.

LE PREMIER HEIDUQUE

Les colonels Kottwitz, Hennings, Truchss et d'autres
Sollicitent une audience !

L'ÉLECTEUR, *à l'autre heiduque, en lui prenant la lettre des mains.*

Du prince von Homburg ?

DEUXIÈME HEIDUQUE

Oui, Altesse !

L'ÉLECTEUR

Qui te l'a donnée ?

DEUXIÈME HEIDUQUE

Le Suisse qui monte la garde au portail,
À qui le chasseur du prince l'avait remise.

L'ÉLECTEUR *se tient debout près de la table et lit ; la lecture achevée, il se tourne et appelle un page.*

Prittwitz ! — Apporte-moi l'arrêt de mort !
— Et je veux également le sauf-conduit
Pour le comte Gustave von Horn, l'émissaire suédois[1].

Le page sort. Au premier heiduque.

Kottwitz et sa suite ; qu'ils entrent !

SCÈNE V

Entrent les colonels Kottwitz et Hennings, le comte Truchss, les comtes Hohenzollern, Sparren et Reuss, les capitaines de cavalerie Golz et Stranz ainsi que d'autres colonels et officiers. — Les mêmes que précédemment.

LE COLONEL KOTTWITZ, *la requête à la main.*

Permets, Altesse, mon prince,
Qu'au nom de toute l'armée
En toute humilité je te remette ce papier[2] !

L'ÉLECTEUR

Avant que je le prenne, Kottwitz, dis-moi
Qui t'a appelé ici, en cette ville[3] ?

KOTTWITZ *le regarde.*

Avec les dragons ?

L'ÉLECTEUR

Avec le régiment ! —

C'est Arnstein que je t'avais assigné pour prendre tes quartiers.

KOTTWITZ

Altesse ! C'est sur ton ordre que je suis venu ici.

L'ÉLECTEUR

Comment ? — Montre-moi cet ordre.

KOTTWITZ

Le voici, mon souverain.

L'ÉLECTEUR *lit.*

« Natalie, fait à Fehrbellin ;
Au nom de Son Altesse, mon oncle Friedrich. » —

KOTTWITZ

Par Dieu, mon prince et maître, j'ose espérer
Que tu n'es pas étranger à cet ordre ?

L'ÉLECTEUR

Non, non ! Comprends-moi —
Qui donc te l'a transmis ?

KOTTWITZ

Le comte Reuss !

L'ÉLECTEUR, *après un bref silence.*

Au contraire, je te souhaite la bienvenue ! —
Tu as mission, avec tes douze escadrons,
De rendre demain les derniers honneurs
Au colonel Homburg, pour qui le verdict est tombé.

KOTTWITZ, *effrayé.*

Comment, Altesse ?

L'ÉLECTEUR, *lui rendant l'ordre de mission.*

Le régiment
Est-il toujours devant le château, dans la nuit et le brouillard ?

KOTTWITZ

La nuit, pardonne-moi —

L'ÉLECTEUR

Pourquoi ne prend-il pas ses quartiers ?

KOTTWITZ

Mon prince, c'est fait ; il a pris,
Comme tu l'as ordonné, ses quartiers en ville !

L'ÉLECTEUR, *se tournant vers la fenêtre.*

Comment ? Il y a deux minutes — — ? Eh bien, par le ciel,
Tu n'as pas été long à trouver des écuries ! —
Ma foi, tant mieux ! Je te salue une fois encore !
Qu'est-ce qui t'amène, dis-moi ? Qu'apportes-tu de nouveau ?

KOTTWITZ

Altesse, cette requête de ta fidèle armée.

L'ÉLECTEUR

Donne !

KOTTWITZ

Mais ce mot qui s'est échappé de ta bouche
Anéantit tous mes espoirs.

L'ÉLECTEUR

Tout comme un autre mot peut les ressusciter.

Il lit.

« Requête, implorant la plus haute grâce,
En faveur de notre chef, accusé de crime,
Le général prince Friedrich de Hesse-Homburg. »

Aux officiers.

Un nom illustre, messieurs ! Pas indigne
Que vous intercédiez si nombreux en sa faveur !

Il regarde à nouveau le papier.

Cette requête, qui l'a écrite ?

KOTTWITZ

Moi.

L'ÉLECTEUR

Le prince est-il instruit de son contenu ?

KOTTWITZ

Pas le moins du monde ! Elle vient de nous,
De sa conception jusqu'à sa rédaction.

L'ÉLECTEUR

Je vous demande un instant de patience.

Il va vers la table et survole le document. — Long silence.

Hm ! Étrange ! — Tu prends, toi, un vieux guerrier,
La défense du prince ? Tu justifies son acte
De s'être précipité sur Wrangel sans en attendre l'ordre ?

KOTTWITZ

Oui, Altesse ; c'est ce que fait le vieux Kottwitz !

L'ÉLECTEUR

Tu n'étais pas de cet avis sur le champ de bataille.

KOTTWITZ

J'avais mal apprécié la situation, mon souverain !
J'aurais dû sagement me soumettre au prince
Qui s'entend fort bien au métier de la guerre.
Les Suédois lâchaient prise sur l'aile gauche,
Et sur l'aile droite ils avaient besoin de renfort ;
S'il avait dû attendre ton ordre,
Ils auraient repris position dans les gorges
Et jamais tu n'aurais remporté la victoire.

L'ÉLECTEUR

Ah bon ! C'est ce qu'il te plaît de supposer !
J'avais détaché le colonel Hennings,
Tu ne l'ignores pas, pour enlever
La tête de pont suédoise qui couvrait Wrangel à l'arrière.
Si vous n'aviez enfreint l'ordre,
Hennings aurait réussi son coup ;
En l'espace de deux heures, il aurait
Mis le feu aux ponts et pris position sur la Rhyne,

Et Wrangel eût été écrasé sans merci,
Embourbé dans les fossés et les marécages.

KOTTWITZ

C'est l'affaire des dilettantes, non la tienne,
De vouloir décrocher la plus prestigieuse couronne du destin ;
Jusqu'à ce jour, tu as toujours pris ce qu'il t'offrait.
Le dragon qui obstinément ravageait
Ton Brandebourg fut chassé, la tête en sang ;
Que pouvait-il arriver de plus en une seule journée ?
Que t'importe qu'il gise, épuisé,
Deux semaines de plus dans le sable et que ses plaies guérissent ?
Nous avons maintenant appris l'art de le vaincre,
Et sommes pleins du désir de l'exercer encore :
Affrontons Wrangel une nouvelle fois,
Poitrine contre poitrine, et tout sera terminé,
Il sera définitivement englouti dans la Baltique !
Rome n'a pas été bâtie en un jour.

L'ÉLECTEUR

De quel droit, pauvre fou, espères-tu cela
Si chacun, sur le char du combat,
Peut me prendre les rênes des mains ?
Crois-tu que la chance va sans cesse, comme elle vient de le faire,
Récompenser la désobéissance d'une couronne de gloire ?
Je n'aime pas la victoire qui, enfant du hasard,
Tombe comme à la loterie ; c'est la loi,
Mère de ma couronne, que je veux préserver,
Elle qui a engendré et m'a donné tant de victoires !

KOTTWITZ

Seigneur, la loi la plus haute, la loi suprême,
Celle qui doit agir dans le cœur de tes généraux,
Ce n'est pas la lettre de ta volonté ;
C'est la patrie, c'est la couronne,
C'est toi-même, ta tête qui la porte.
Que t'importe, je te prie, la règle
Que suit l'ennemi dans la bataille, pourvu qu'il tombe
Devant toi, avec tous ses drapeaux ?
La règle suprême, c'est celle qui le vainc !
De ton armée, si ardemment attachée à toi,
Veux-tu faire un instrument semblable à l'épée
Qui reste sans vie dans le fourreau d'or de ta ceinture ?
Quel pauvre esprit, qui ne connaît rien aux astres[1],
A le premier répandu un tel enseignement ! Quelle méchante
Politique à courte vue qui, pour un cas
Où le sentiment s'avère nuisible,
En oublie dix autres dans le cours des choses
Où le sentiment seul peut sauver !
Est-ce que, le jour de la bataille, je verse pour toi mon sang
Dans la poussière à cause de la solde, fût-elle d'argent ou de gloire ?
Dieu m'en préserve, il est trop précieux pour cela !
Comment ! Mon plaisir, ma joie, celle que je goûte
Librement et pour moi seul, en silence,
C'est ta splendeur, ta magnificence,
C'est la gloire croissante de ton illustre nom !
C'est là le salaire pour lequel je vends mon cœur !
Supposons que pour cette victoire fortuite
Tu condamnes le prince irrévocablement ; et que moi,

Demain, je rencontre de façon tout aussi fortuite
La victoire quelque part entre monts et forêts
Avec mes escadrons, comme un berger,
Par Dieu, je serais un coquin si je ne
Répétais pas hardiment l'action du prince.
Et si tu disais alors, le livre des lois à la main :
« Kottwitz, tu as joué ta tête ! », je répondrais :
« Je le savais, Altesse ; prends-la, la voici :
Lorsque j'ai prêté serment pour me lier à ta couronne
Corps et âme, je n'ai pas exclu ma tête,
Et je ne te donnerais rien qui ne t'appartienne déjà ! »

L'ÉLECTEUR

Vieil original, je n'aurai jamais raison de toi !
Tes paroles me séduisent avec leur rhétorique rusée,
Moi qui te suis tout dévoué, tu le sais bien ;
Je vais faire appel à un avocat, pour mettre fin
À cette dispute, qui saura défendre ma cause !

Il sonne. Un serviteur entre.

Le prince von Homburg !
Qu'on aille le chercher dans sa prison !

Le serviteur sort.

Il t'apprendra, lui, tu peux en être sûr,
Ce que sont la discipline militaire et l'obéissance !
Du moins m'a-t-il adressé une lettre qui dit autre chose
Que cet argutieux concept de liberté
Que tu viens de m'exposer comme un écolier.

Il retourne à la table et se remet à lire.

KOTTWITZ, *étonné.*

Qui voulez-vous —? Qui appelez-vous?

LE COLONEL HENNINGS

Lui?

LE COMTE TRUCHSS

Non, impossible!

Inquiets, les officiers se regroupent et discutent entre eux.

L'ÉLECTEUR

De qui est cette seconde lettre?

HOHENZOLLERN

De moi, mon prince!

L'ÉLECTEUR *lit.*

« Preuve que le prince Électeur Friedrich
Est lui-même à l'origine » — — — Eh bien, par le ciel!
Voilà qui est hardi!
Comment! Tu rejettes sur moi la faute
Dont il s'est rendu coupable au cours de la bataille?

HOHENZOLLERN

Sur toi, mon prince, oui; moi, Hohenzollern.

L'ÉLECTEUR

Par Dieu, voilà qui dépasse l'entendement!
L'un me démontre qu'il n'est pas coupable,
L'autre va jusqu'à dire que le coupable, c'est moi! —
Comment vas-tu me prouver pareille affirmation?

HOHENZOLLERN

Tu te souviendras, Altesse, de cette nuit
Où nous avons trouvé le prince, plongé dans un profond
Sommeil, dans le parc sous les platanes :
Peut-être rêvait-il de la victoire du lendemain,
Il tenait à la main une branche de laurier.
Comme pour mettre à l'épreuve le fond de son cœur,
Tu lui as pris cette couronne, et, souriant,
Enroulé autour du feuillage la chaîne suspendue à ton cou ;
Puis ayant ainsi enlacé la couronne et la chaîne,
Tu les as tendues à la demoiselle, ta noble nièce.
À la vue de ce spectacle merveilleux, le prince
Se lève, rougissant ; il veut saisir
Des choses si douces, offertes d'une main si chère :
Mais toi, entraînant la princesse en arrière,
Vite, tu te dérobes ; le portail t'accueille,
Jeune fille, chaîne et couronne de laurier disparaissent,
Et lui, solitaire — un gant à la main
Dont il ne sait lui-même à qui il l'a pris —
Reste là, seul au plus profond de la nuit.

L'ÉLECTEUR

Quel gant ?

HOHENZOLLERN

Seigneur, laisse-moi achever ! —
C'était une plaisanterie ; mais l'importance
Qu'elle eut pour lui, je n'ai pas tardé à la saisir.
Me glissant par le portillon au fond du parc,
Je m'approche de lui comme si de rien n'était,

Je le réveille, il reprend ses esprits,
Et le souvenir l'inonde de joie :
Tu ne saurais rien imaginer de plus touchant, vraiment.
Tout ce qui vient de se passer, comme si c'était un rêve,
Il me le relate aussitôt dans le moindre détail ;
Jamais il n'a fait, dit-il, de rêve si intense — :
Et en lui s'installe la solide conviction
Que le ciel lui a adressé un signe :
Tout ce que son esprit a vu, jeune fille,
Couronne de laurier et chaîne,
Dieu le lui offrirait au jour de la prochaine bataille.

L'ÉLECTEUR

Hm ! Étrange ! — Et ce fameux gant — ?

HOHENZOLLERN

Oui, —
Ce fragment de rêve devenu réalité
Anéantit et raffermit à la fois sa conviction !
D'abord il le regarde avec de grands yeux —
Il est blanc, et à en juger par sa forme et sa façon, il semble
Provenir de la main d'une dame — : mais comme cette nuit
Dans le parc il n'a parlé à aucune à qui
Il eût pu l'enlever, dérangé dans ses rêveries par moi
Qui l'appelle au château pour la dictée des instructions,
Il oublie ce qu'il ne peut comprendre
Et glisse distraitement le gant dans son pourpoint.

L'ÉLECTEUR

Eh bien ? Ensuite ?

HOHENZOLLERN

Ensuite il entre au château, crayon
Et tablette en main, pour entendre de la bouche du maréchal,
Avec une pieuse attention, les ordres pour la bataille ;
Prêtes à partir, l'Électrice et la princesse
Se trouvent justement elles aussi dans la grand-salle.
Mais comment mesurer l'incroyable stupeur
Qui s'empare de lui quand la princesse cherche
En vain le gant qu'il a glissé dans son pourpoint.
Le maréchal l'appelle à plusieurs reprises :
Monsieur le prince von Homburg ! À vos ordres, maréchal,
Répond-il, tentant de reprendre ses esprits ;
Mais il est pris dans une ronde de prodiges — — : la foudre
Du ciel aurait pu s'abattre sur lui ! —

Il s'interrompt.

L'ÉLECTEUR

Était-ce le gant de la princesse ?

HOHENZOLLERN

En effet !

L'Électeur reste plongé dans ses pensées.

HOHENZOLLERN *poursuit.*

Il est comme pétrifié, le crayon à la main,
Même s'il a toute l'apparence d'un vivant ;
Mais, comme sous l'effet d'un coup de baguette magique,

Cette impression en lui s'éteint; et ce n'est que le lendemain,
Alors que le canon tonne déjà dans les rangs,
Qu'il revient à la réalité et m'interroge :
Mon cher, dis-moi ce que Dörfling hier a indiqué
Me concernant, lorsqu'il a dicté les consignes pour la bataille.

LE MARÉCHAL

Ce récit, seigneur, j'y souscris entièrement !
Le prince, je m'en souviens, n'a pas entendu un mot
De ce que je disais ; je l'ai souvent vu distrait,
Mais jamais à ce point absent,
Hors de lui-même, comme ce jour-là.

L'ÉLECTEUR

Et à présent, si je te comprends bien,
Tu échafaudes pour moi l'édifice suivant :
Si je n'avais pas plaisanté de manière douteuse
Avec l'état de ce jeune rêveur, il serait resté innocent :
Il n'aurait pas été distrait au moment des instructions,
Ne se serait pas montré indocile au cours de la bataille.
C'est bien ça, n'est-ce pas ? C'est bien votre avis à tous ?

HOHENZOLLERN

Mon souverain,
C'est à toi que je laisse le soin de conclure.

L'ÉLECTEUR

Imbécile que tu es, insensé ! Si tu ne m'avais pas
Appelé à descendre dans le parc,
Je n'aurais pas, obéissant à ma curiosité,
Innocemment plaisanté avec ce rêveur.

Par conséquent, j'affirme avec le même droit
Que celui qui a occasionné sa faute, c'est toi ! —
Ah ! la sagesse pythienne de mes officiers[1] !

HOHENZOLLERN

Il suffit, mon prince ! Je suis sûr
Que le poids de mes paroles est sensible à ton cœur !

SCÈNE VI

Un officier arrive. — Les mêmes que précédemment.

L'OFFICIER

Altesse, le prince sera là dans un instant !

L'ÉLECTEUR

Fort bien ! Faites-le entrer.

L'OFFICIER

Dans deux minutes ! —
En passant, il a simplement demandé
Qu'un gardien lui ouvre le cimetière.

L'ÉLECTEUR

Le cimetière.

L'OFFICIER

Oui, mon prince et seigneur !

L'ÉLECTEUR

Pourquoi ?

L'OFFICIER

À dire vrai, j'avoue que je n'en sais rien ;
Je crois qu'il désirait voir le caveau
Que tu as ordonné d'ouvrir pour lui.

Les colonels se regroupent et parlent entre eux.

L'ÉLECTEUR

Peu importe ! Dès qu'il arrive, faites-le entrer.

Il retourne à la table et regarde les papiers.

LE COMTE TRUCHSS

Voici la garde qui amène le prince.

SCÈNE VII

Le prince von Homburg, un officier et la garde arrivent. Les mêmes que précédemment.

L'ÉLECTEUR

Mon jeune prince, c'est vous que j'appelle à l'aide !
Le colonel Kottwitz m'apporte, en votre faveur,
Ce papier, voyez-le, signé
D'une longue liste de cent gentilshommes ;
L'armée, est-il écrit, demande votre mise en liberté
Et n'accepte pas le verdict de la cour martiale. —
Lisez vous-même, je vous prie, et prenez-en connaissance !

Il lui donne le papier.

LE PRINCE VON HOMBURG, *après avoir jeté un coup d'œil sur la requête, se tourne vers les officiers et les regarde l'un après l'autre.*

Kottwitz, donne-moi ta main, mon vieil ami !
Tu fais plus pour moi que ce que j'ai fait
Le jour de la bataille pour le mériter ! Mais à présent,
Retourne vite à Arnstein, d'où tu es venu,
Et n'en bouge plus ; j'ai bien réfléchi,
J'ai décidé d'accepter la mort à laquelle j'ai été condamné !

Il lui remet le papier.

KOTTWITZ, *consterné.*

Non, jamais, au grand jamais, mon prince ! Que dis-tu là ?

HOHENZOLLERN

Il veut la mort — ?

LE COMTE TRUCHSS

Il ne doit et ne peut mourir !

PLUSIEURS OFFICIERS, *s'avançant.*

Prince, Altesse ! Mon souverain ! Écoute-nous !

LE PRINCE VON HOMBURG

Du calme ! C'est ma volonté inébranlable !
Cette loi sacrée de la guerre que j'ai enfreinte,
Je veux, devant l'armée,
La glorifier par une mort librement choisie !
Que vaut pour vous, mes frères, une victoire,
Celle, misérable, que j'arracherai

Peut-être encore à Wrangel, comparée
Au triomphe sur le plus pernicieux
Des ennemis en nous, l'indocilité, l'orgueil,
Remporté glorieusement demain ? Qu'il succombe,
L'étranger qui veut nous asservir, et que sur sa terre natale,
L'homme du Brandebourg affirme librement ses droits ; car
Elle est à lui, lui seul, avec toute la splendeur de ses paysages.

KOTTWITZ, *ému.*

Mon fils ! Mon plus cher ami ! Quel nom te donner ?

LE COMTE TRUCHSS

Ô Dieu du ciel !

KOTTWITZ

Laisse-moi baiser ta main !

Ils se pressent autour de lui.

LE PRINCE VON HOMBURG *s'adresse à l'Électeur.*

Mais toi, mon prince, qui autrefois me réservais
Un nom plus doux que par ma faute, hélas, j'ai perdu :
Je me jette à tes pieds, profondément ému !
Pardonne-moi si, au jour décisif,
J'ai mis un zèle précipité à te servir :
La mort à présent me lave de toutes mes fautes.
Accorde à mon cœur qui se soumet,
Réconcilié, serein à ta sentence, la consolation
Qu'à ton tour tu renonces à toute rancœur :
Et à l'heure de l'adieu, pour me le prouver,
Accorde-moi dans ta générosité une grâce !

L'ÉLECTEUR

Parle, jeune héros ! Qu'est-ce donc que tu souhaites ?
J'engage ma parole et mon honneur de chevalier,
Quel qu'il soit, ton souhait sera exaucé !

LE PRINCE VON HOMBURG

N'achète pas, ô mon souverain, la paix
À Gustave-Charles au prix de la main de ta nièce !
Renvoie du camp cet entremetteur
Qui t'a fait cette proposition détestable :
Réponds-lui à coups de canons !

L'ÉLECTEUR *lui baise le front.*

Qu'il en soit comme tu dis ! Par ce baiser, mon fils,
Je t'accorde cette ultime prière !
À quoi bon ce sacrifice
Que seuls les malheurs de la guerre m'ont arraché ?
Chacune des paroles que tu as prononcées
Fera fleurir une victoire qui le réduira en poussière !
Je lui écrirai qu'elle est la fiancée du prince von Homburg,
L'homme qui tomba sous le coup de la loi pour Fehrbellin ;
Qu'il vienne sur le champ de bataille la disputer à son fantôme,
Qui, mort, marche devant les étendards !

Il l'embrasse encore et le relève.

LE PRINCE VON HOMBURG

Tu viens, vois-tu, de me donner la vie !
Désormais j'implore pour toi toutes les bénédictions
Que les séraphins, du haut des nuages,

Déversent dans l'allégresse sur la tête des héros :
Va, mon souverain, livre bataille et domine
Le monde qui te défie — car tu en es digne !

L'ÉLECTEUR

Gardes ! Reconduisez-le dans sa prison !

SCÈNE VIII

Natalie et l'Électrice apparaissent sur le pas de la porte. Des dames d'honneur les suivent. — Les mêmes que précédemment.

NATALIE

Ô mère, laisse ! Que me parles-tu de bienséance ?
La plus haute en pareille heure est de l'aimer !
— Mon cher, mon malheureux ami !

LE PRINCE VON HOMBURG, *sur le point de partir.*

Allons, en route !

LE COMTE TRUCHSS *le retient.*

Non, jamais de la vie, mon prince !

Plusieurs officiers lui barrent le chemin.

LE PRINCE VON HOMBURG

Emmenez-moi !

HOHENZOLLERN

Mon prince Électeur, ton cœur peut-il — ?

LE PRINCE VON HOMBURG
s'arrache à ceux qui le retiennent.

Tyrans ! Voulez-vous
Me traîner dans des chaînes jusqu'au lieu de l'exécution ?
Allons ! J'ai réglé mes comptes avec le monde !

Il sort avec ses gardes.

NATALIE, *s'appuyant contre la poitrine de sa tante.*

Ô terre, accueille-moi en ton sein !
À quoi bon voir plus longtemps la lumière du soleil ?

SCÈNE IX

Les mêmes que précédemment, sans le prince von Homburg.

LE MARÉCHAL

Ô Dieu du monde ! Fallait-il en arriver là ?

L'Électeur s'entretient discrètement mais de manière pressante avec un officier.

KOTTWITZ, *froidement.*

Mon prince et seigneur, après tout ce qui s'est passé,
Sommes-nous congédiés ?

L'ÉLECTEUR

Non ! Pour l'heure pas encore[1] !
Toi, je te ferai savoir quand tu seras congédié.

Il le fixe un moment; puis il prend sur la table les papiers que le page vient de lui apporter et se tourne vers le maréchal.

Tenez ! Ce sauf-conduit pour le comte Horn, le Suédois !
C'est le souhait du prince mon neveu,
Que je me suis engagé à exaucer.
Que la guerre reprenne dans trois jours !

Silence. — Il jette un coup d'œil sur l'arrêt de mort.

Oui, jugez vous-mêmes, messieurs ! Le prince von Homburg,
Par insubordination et légèreté, m'a privé
Au cours de l'année passée de deux des plus belles victoires.
Et il a gravement compromis la troisième.
Après la leçon de ces derniers jours,
Voulez-vous une quatrième fois courir le risque avec lui ?

KOTTWITZ ET TRUCHSS, *en même temps.*

Comment, mon prince adoré — adulé — ?

L'ÉLECTEUR

Le voulez-vous ? Le voulez-vous ?

KOTTWITZ

Par le Dieu vivant,
Tu pourrais te trouver au bord de l'abîme de ta perte,
Il ne tirerait plus son épée pour t'aider,
Pour te sauver sans que tu lui en donnes l'ordre !

L'ÉLECTEUR *déchire l'arrêt de mort.*

Eh bien suivez-moi, mes amis, dans le parc.

Tous sortent.

Scène : le château avec la rampe menant au jardin. — De nouveau, il fait nuit.

SCÈNE X

Par la porte inférieure du parc, le prince von Homburg est introduit, les yeux bandés, par le capitaine de cavalerie Stranz. Un officier avec des gardes. Au loin, on entend les tambours de la marche funèbre.

LE PRINCE VON HOMBURG

À présent, ô Immortalité, tu m'appartiens tout entière[1] !
Rayonnante à travers le bandeau de mes yeux,
Tu m'apportes l'éclat de mille soleils !
Il me pousse des ailes sur les deux épaules,
Mon esprit s'envole à travers le silence de l'espace éthéré ;
Et comme le navire qui emporté par le souffle du vent
Voit disparaître au loin le port et son joyeux tumulte,
Pour moi toute vie sombre dans le crépuscule :
Je discerne encore les couleurs et les formes,
Et tout n'est plus à présent que brouillard sous mes pieds.

Le prince s'assied sur un banc installé au pied du chêne, au milieu de la place. Le capitaine de cavalerie Stranz s'éloigne de lui et lève les yeux vers la rampe.

LE PRINCE VON HOMBURG

Ah ! ce doux parfum de la belle-de-nuit ! Ne le sens-tu pas ?

STRANZ *revient vers lui.*

Ce sont des giroflées et des œillets[1].

LE PRINCE VON HOMBURG

Des giroflées ? — Comment se trouvent-elles ici ?

STRANZ

Je ne sais pas. —
Il semble qu'une jeune fille les ait plantées.
— Puis-je te donner un œillet ?

LE PRINCE VON HOMBURG

Mon cher ami ! —
Je les mettrai dans l'eau, chez moi.

SCÈNE XI

Au haut de la rampe du château apparaissent l'Électeur portant la couronne de laurier à laquelle est enroulée la chaîne d'or, l'Électrice, la princesse Natalie, le maréchal Dörfling, le colonel Kottwitz, Hohenzollern, Golz, etc., des dames d'honneur, des officiers et des porteurs de flambeaux.

— Tenant un mouchoir, Hohenzollern s'avance vers la balustrade et fait signe au capitaine de cavalerie Stranz; celui-ci alors quitte le prince von Homburg et va s'entretenir avec les gardes à l'arrière-plan.

LE PRINCE VON HOMBURG

Mon ami, quel est donc cet éclat, cette lumière ?

STRANZ *revient vers lui.*

Mon prince, veux-tu, je t'en prie, te lever ?

LE PRINCE VON HOMBURG

Qu'y a-t-il ?

STRANZ

Rien qui doive t'effrayer ! —
Je veux simplement t'ouvrir à nouveau les yeux !

LE PRINCE VON HOMBURG

La dernière heure de mes souffrances a-t-elle sonné ?

STRANZ

Oui ! Gloire et bénédiction, tu les as méritées !

L'Électeur remet la couronne avec la chaîne à la princesse, la prend par la main et la conduit au bas de la rampe. Des messieurs et des dames de la cour les suivent. Entourée de flambeaux, la princesse s'avance vers le prince, qui se lève, stupéfait; elle lui pose la couronne sur la tête et met la chaîne à son cou, puis elle lui prend la main et la presse contre son cœur. Le prince tombe évanoui.

NATALIE

Ciel ! La joie le tue !

HOHENZOLLERN *retient le prince.*

À l'aide !

L'ÉLECTEUR

Que le tonnerre des canons le réveille !

Coups de canon. Une marche militaire. Le château s'illumine.

KOTTWITZ

Vive le prince von Homburg !

LES OFFICIERS

Vivat ! Vivat ! Vivat !

TOUS ENSEMBLE

Au vainqueur de la bataille de Fehrbellin !

Silence soudain.

LE PRINCE VON HOMBURG

Non, dites-moi ! Est-ce un rêve[1] ?

KOTTWITZ

Un rêve, quoi d'autre ?

PLUSIEURS OFFICIERS

Au combat ! Au combat !

LE COMTE TRUCHSS

À la bataille !

LE MARÉCHAL

À la victoire ! À la victoire !

TOUS

À bas tous les ennemis du Brandebourg !

FIN

DOSSIER

CHRONOLOGIE

1777. *18 octobre* : naissance à Francfort-sur-l'Oder de Bernd Wilhelm Heinrich von Kleist, fils de l'officier d'état-major en retraite Joachim Friedrich von Kleist et de sa deuxième femme Juliane Ulrike von Pannwitz. Heinrich a trois sœurs, un frère et deux demi-sœurs. La famille Kleist compte de nombreux militaires de haut rang.

1783. Avec son cousin Karl von Panwittz, il est confié à un précepteur. Intimité avec sa demi-sœur Ulrike, son aînée de trois ans.

1788. *18 juin* : mort de son père. Il est envoyé avec son cousin Karl à la pension du pasteur Catel, à Berlin.

1792. *Juin* : il entre au régiment de la garde, à Potsdam, avec le grade de caporal.

1793. *3 février* : mort de sa mère. Il rejoint son régiment, stationné à Francfort-sur-le-Main.

1794. Il participe à la campagne de Rhénanie contre les troupes françaises.

1795. *5 avril* : la Prusse, par le traité de Bâle, signe une paix séparée avec la France ; elle se déclare neutre et reconnaît la République française. Kleist est nommé enseigne.

1797. *7 mars* : Kleist est promu sous-lieutenant. Il se lie d'amitié avec Peter von Gualtieri dont la sœur, Marie, épousera Friedrich von Kleist, cousin de Heinrich et deviendra une grande amie de ce dernier.

16 novembre : mort du roi Frédéric-Guillaume II; Frédéric-Guillaume III lui succède.

1798. En garnison à Potsdam, Kleist étudie les mathématiques et les sciences naturelles.

1799. *4 avril* : Kleist envoie sa lettre de démission au roi et s'inscrit à l'université de Francfort-sur-l'Oder en finances et droit.

Mai : il met au point un « plan de vie ».

1800. *Janvier*: fiançailles officielles de Kleist avec Wilhelmine von Zenge, fille d'un général. Kleist refuse de réintégrer l'armée malgré l'insistance de sa famille.

Août : il devient petit fonctionnaire à Berlin.

De fin août à octobre : voyage que Kleist entoure de secret et qui le mène à Würzbourg; il semble qu'il ait souffert d'une anomalie sexuelle.

Octobre : il compose le schéma de la pièce *La Famille Thierrez* (qui deviendra *La Famille Ghonorez* avant de s'intituler définitivement *La Famille Schroffenstein*) ; il projette aussi une œuvre concernant les Amazones (ce sera la pièce *Penthésilée*). Il lit Rousseau et Kant et affirme son penchant pour la littérature.

1801. Le voyage à Würzbourg ne donne pas les résultats espérés. La lecture de Kant sape sa croyance en la possibilité de saisir quelque vérité que ce soit. Inspiré par Rousseau, il propose à Wilhelmine de s'installer à la campagne pour y mener une vie libre; elle refuse.

Avril: il entreprend avec sa demi-sœur Ulrike un long voyage qui le mène à Paris après avoir séjourné de juillet à septembre à Strasbourg. Il travaille à *Robert Guiscard, duc des Normands,* pièce dont il ne reste que des fragments, et il rédige une première version de *Les Fiancés de Saint-Domingue,* une nouvelle.

Novembre : retour à Francfort; brouille avec Ulrike.

Décembre : Kleist part à pied pour la Suisse. Séjour à Berne. Projets de deux drames (perdus), *Léopold d'Autriche* et *Pierre l'Ermite* et de l'adaptation de l'*Amphitryon* de Molière.

1802. *Avril* : il quitte Berne et s'installe dans une île du lac de Thoune. Il remet en chantier *Robert Guiscard* et écrit *La Cruche cassée*, pièce dont le sujet est inspiré d'une gravure de Debucourt.

Mai : brouille définitive avec Wilhelmine. Il tombe malade et le médecin diagnostique une « mélancolie morbide ».

Octobre : Ulrike le ramène à Weimar.

1803. *Février* : publication anonyme de *La Famille Schroffenstein* à Berne et Zurich.

Mars : il part pour Leipzig et Dresde puis, à pied, pour Berne, Milan, Genève, Paris où il se trouve en *septembre*. À Boulogne-sur-Mer, il envisage de s'embarquer pour l'Angleterre comme soldat, avec le corps expéditionnaire français, en espérant y trouver la mort; il est arrêté comme espion par la police française. Libéré, il part pour Mayence où il erre, malade.

1804. *Janvier* : représentation, à l'insu de Kleist, de *La Famille Schroffenstein* à Graz, en Autriche.

Juin : il se rend à Berlin où il fréquente les milieux littéraires.

1805. *Mai* : Kleist entre à Königsberg à l'administration des domaines grâce à l'entregent de Marie, épouse de son cousin Friedrich von Kleist. Il travaille aux nouvelles *Michael Kohlhass* et *La Marquise d'O*, ainsi qu'aux pièces *Amphitryon* et *Penthésilée*.

1806. *Été* : Kleist, après un congé de six mois, abandonne définitivement la carrière de fonctionnaire et termine *La Cruche cassée*.

La Prusse s'allie à l'Angleterre et à la Russie pour s'opposer à Napoléon, mais elle est écrasée à Iéna en *octobre*.

Novembre : Napoléon entre à Berlin.

1807. *Printemps* : parution d'*Amphitryon* chez Adam Müller, à Dresde.

Février-juillet : soupçonné d'espionnage, il est arrêté avec deux amis et envoyé au fort de Joux puis au camp

de Châlons-sur-Marne. Libéré, il s'installe à Dresde où il rencontre le médecin Heinrich von Schubert qui développe des théories sur le somnambulisme.
7-8 juillet : par la paix de Tilsit, la Prusse est démembrée.
Septembre : il publie *Le Tremblement de terre du Chili*, une nouvelle.
Décembre : il termine *Penthésilée.* Au cours de cette année 1807, il a écrit *La Petite Catherine de Heilbronn.*

1808. *Janvier* : parution du premier numéro de la revue *Phœbus*, fondée par Adam Müller et Kleist. Goethe décline l'offre d'y participer en tant que rédacteur.
Février : publication de *La Marquise d'O.*
2 mars : représentation de *La Cruche cassée* par Goethe à Weimar ; échec et brouille avec Goethe.
Novembre : publication d'un fragment de *Michael Kohlhass.*
Décembre : La Bataille d'Hermann, destiné au Théâtre Impérial Royal de Vienne, est achevé. Il fait une adaptation pour la scène de *La Petite Catherine de Heilbronn.*

1809. En ouvrant les hostilités contre la France, l'Autriche empêche la représentation prévue, à Vienne, de *La Bataille d'Hermann.*
Février : parution du douzième et dernier numéro de la revue *Phœbus.*
5-6 juillet : bataille de Wagram où l'armée autrichienne est battue.

1810. *Mars* : *La Petite Catherine de Heilbronn* est représenté à Vienne ; également publié.
Avril : après le mariage de Napoléon avec l'archiduchesse Marie-Louise d'Autriche, Kleist décide d'écrire une pièce pour inciter les Hohenzollern à s'allier avec l'Autriche contre Napoléon. La pièce, *Le Prince de Hombourg*, ne sera terminée qu'en juin de l'année 1811.
Fin septembre : parution d'un premier tome de *Récits* (*Michael Kohlhass, La Marquise d'O...*).

Octobre : Kleist lance le premier numéro du quotidien politico-littéraire des *Berliner Abendblätter.* Il y publie *Sur le théâtre de marionnettes* mais ses articles, violemment engagés, attirent sur lui la censure.
Novembre : rencontre d'Adolphine Henriette, épouse de Louis Vogel ; atteinte d'un cancer et souffrant de mélancolie, elle souhaite mourir.

1811. *Février* : publication de *La Cruche cassée.*
30 mars : publication de la nouvelle *Les Fiancés de Saint-Domingue*; dernier numéro des *Abendblätter.*
17 juin : Kleist sollicite du roi un emploi de fonctionnaire ; il est réintégré dans l'armée en *septembre* mais il n'a pas l'argent nécessaire pour son équipement.
Août : parution du deuxième tome des *Récits* : *L'Enfant trouvé, Le Duel...*
19 novembre : il écrit à Marie von Kleist son intention de se suicider avec Henriette Vogel qui le lui demande.
20 novembre : Henriette et Heinrich se rendent à Wannsee, près de Potsdam, où ils passent la journée et la nuit.
21 novembre : Kleist tue Henriette d'un coup de revolver et se suicide ensuite.

NOTICE

Kleist et Le Prince

À empiéter l'un sur l'autre, Kleist et sa pièce n'ont cessé d'aller de malentendu en malentendu, aussi bien avec leurs contemporains qu'avec les générations postérieures, allemandes et autres. En dédiant sa pièce à la princesse Marie Amélie, descendante du vrai prince de Hombourg, il offrait le flanc à une critique *ad hominem*, se voyant immédiatement soupçonné de défaitisme et d'intentions tortueuses à l'égard de la royauté prussienne : sa pièce ne fut pas perçue comme historique mais comme la vision déformée d'un esprit malade. Aux yeux des simples amateurs de théâtre, le cheminement à la fois invisible et brutal de la conversion du prince donnait l'impression d'incohérence sinon d'absurdité. À les juger selon les canons de la dramaturgie classique, on eut tôt fait d'estimer la pièce mal faite et son auteur, inconséquent. Il est vrai que Kleist a tout fait pour rendre sa pièce injouable à l'époque de sa composition : une quarantaine de personnages et figurants, onze changements de lieu pour trente-six scènes en cinq actes. Néanmoins Kleist n'est pas un dramaturge amateur : il a derrière lui des œuvres majeures et son *Prince* prouve qu'il a beaucoup lu ses devanciers. Goethe au premier chef dont l'Egmont est proche parent de Frédéric : soldats tous deux, ils ont le même sentiment de culpabilité et la même attitude devant la condamnation à mort ; Klärchen, la bien-aimée d'Egmont, ressemble comme une sœur à Natalie : même résolution pour sauver celui qu'elles aiment. Analogies nombreuses aussi avec *Iphigénie en Tauride*, même si le sentiment final d'harmonie, trait propre de la philosophie goethéenne, est loin de correspondre au caractère tourmenté de Kleist. On trouverait encore des ressemblances avec le *Wallenstein* de Schiller[1] mais ces rencontres avec ses contemporains ne font que mieux ressortir sa tonalité personnelle.

Si l'on voulait rationaliser et simplifier ce qui, chez lui, est irrationnel (sinon déraisonnable) et complexe, la pièce deviendrait une apologie du militarisme[2] et du nationalisme prussien, voire du national-socialisme, et le prince, un représentant de l'immaturité romantique, incapable de sortir des rêves de l'adolescence. En fait, comme j'ai tenté de le montrer, *Le Prince de Hombourg* tourne autour de deux axes : l'un qui traite de la patrie, de la guerre et de la Loi, l'autre qui s'enfonce aussi profondément que possible dans l'analyse d'un esprit — celui-là même de Heinrich von Kleist — à la fois désespéré et exalté par la conscience aiguë d'une étrangeté (figurée par le somnambulisme) qui le rend inapte à vivre. Sa condamnation à mort est le déclic qui lui fait comprendre que c'est seulement dans la mort librement consentie qu'il pourrait adhérer à lui-même et concilier les inconciliables.

Comme la tentation est grande de surimprimer l'autobiographie de Kleist sur le déroulement de la pièce — ce qui est largement justifié sur de nombreux points — on fera

1. Schiller et Kleist ont tous deux été marqués par la philosophie morale de Kant.

2. Bismarck, bien placé pour juger du militarisme, estimait que *Le Prince de Hombourg* était « une pièce malingre », propos recueilli par Wildenbruch et cité par Antonia Fonyi dans son Introduction à la traduction d'André Robert, Aubier-Flammarion, 1968, p. 17.

porter à la pièce le chapeau des reproches que l'on fait à son auteur : Kleist n'est-il pas coupable d'un revirement grave, lui qui démissionne de l'armée avec fracas en 1799 au risque de passer aux yeux de sa classe sociale pour un esprit dérangé et qui, en 1810, se mue en va-t-en-guerre et embouche la trompette d'un junker prussien ? C'est oublier que Kleist est nationaliste *pour que* sa patrie existe vraiment et se libère de l'envahisseur français. Il s'agit moins d'exaltation de l'armée (ah ! que le cri de victoire de la dernière réplique lui a fait de tort !) que d'un acte de foi et de confiance en la possibilité pour ses concitoyens de relever la tête. Ce que, dans les mêmes années, les philosophes et poètes écrivaient pour hâter le réveil de la Prusse, Kleist le fait de son côté avec les moyens qui lui sont propres, ceux d'un ancien militaire, assez connaisseur en tactique pour donner de la bataille de Ferhbellin un compte-rendu — entièrement de son cru ! — tout à fait convaincant.

Mais, de là à être militariste, il y a un monde. La connaissance de la correspondance de Kleist ne laisse aucun doute à cet égard. Dans une lettre du 19 mars 1799 à son ami Christian Martini, Kleist s'explique sur sa démission de l'armée :

> *Car la condition de soldat, à laquelle mon cœur n'a jamais souscrit, la trouvant trop peu conforme à sa nature profonde, ces considérations me l'ont fait prendre en horreur au point qu'il me devient impossible de l'assumer. Les fameux miracles de la discipline militaire, qui faisaient l'étonnement de tous les connaisseurs, sont devenus l'objet de mon plus cordial mépris ; je voyais dans les officiers des chefs de parade, dans les soldats des esclaves, et quand le régiment montrait son savoir-faire, je croyais voir le monument vivant de la tyrannie. À cela s'ajoutait que je commençais à ressentir vivement le retentissement néfaste de ma situation sur mon caractère. J'étais souvent obligé de punir là où j'aurais volontiers pardonné, ou bien je pardonnais quand il aurait fallu sévir ; et dans les deux cas je me tenais pour répréhensible moi-même. Dans ces moments-là nais-*

sait tout naturellement en moi le désir d'abandonner une situation dans laquelle, torturé par deux principes contradictoires, je ne savais jamais si je devais agir en être humain ou en officier; quant à concilier les devoirs propres à ces deux fonctions, je pensais cela impossible dans l'état actuel de l'armée[1].

Quant au souci aigu, pour ne pas dire exacerbé, qu'avait Kleist d'affirmer et de sauvegarder totale sa liberté de penser et d'agir, comme s'il était un autre prince de Hombourg, il en fait état constamment dans ses lettres. En voici deux exemples :

La question était la suivante : un être réfléchi peut-il se trouver dans une situation telle, qu'il doive davantage se fier à un autre qu'à lui-même ? Je dis : un être réfléchi, excluant ainsi tous les cas où quelqu'un, par une foi aveugle, se soumet à l'autorité d'autrui[2].

Ou encore, dans une lettre à sa sœur Ulrike :

N'es-tu pas une fille libre, comme je suis un homme libre ? À quelle autre autorité que celle de la raison es-tu donc soumise[3] ?

D'autre part, soit que la caste dirigeante de la Prusse ait été fort étroite, soit que la notoriété des Kleist ait été grande, l'auteur du *Prince de Hombourg* se sent personnellement responsable du destin de son pays et juge son roi comme on le ferait d'un parent. Ce qui n'est pas sans produire une confusion entre les contingences individuelles et les problèmes de politique générale :

L'alliance que le roi conclut en ce moment avec les Français n'est pas non plus faite pour me retenir à la vie. [...] Quand le roi

1. *Correspondance* de Heinrich von Kleist in *Œuvres complètes*, t. V, Gallimard, Le Promeneur, 2000, lettre à Christian Martini du 19 mars 1799, p. 29.
2. *Ibid.*, lettre au même du 18 mars 1799, p. 22.
3. *Ibid.*, lettre à Ulrike de mai 1799, p. 40.

s'abaisse à pareille alliance, comment rester plus longtemps auprès de lui[1].

On pourrait dire qu'il va se suicider, entre autres motifs, par dépit politique ! Il est vrai que la conception que Kleist se fait de la mort est des plus paradoxales : il en parle tranquillement comme d'un état d'être qui n'a rien pour surprendre, sinon qu'on y jouit, dans une pleine conscience, d'une vue globale et définitivement sereine sur les traverses de la vie. Dans les lettres qu'il adresse, la veille ou le jour même de son suicide, l'exaltation devant la mort ressemble à la passion amoureuse, s'y substitue même.

À Marie von Kleist, sa cousine par alliance, seule personne du sexe qui l'ait vraiment compris et soutenu :

Ma très chère Marie, au milieu de cet hymne triomphal entonné par mon âme en cet instant de ma mort, il me faut une fois encore me souvenir de toi et je me livre à toi autant que je le puis; [...] de tout le reste sur terre, de tous les êtres pris dans leur ensemble ou en particulier, mon cœur est complètement détaché[2].

Ah! ma félicité, je te l'assure, est totale. [...] Elle [ma vie] s'achève pour moi par la plus magnifique et la plus voluptueuse de toutes les morts. [...] Le tourbillon d'une félicité encore jamais éprouvée m'a emporté, et je ne puis nier que la tombe m'est plus douce que le lit de toutes les impératrices du monde. — Ah tendre amie, puisse Dieu t'appeler bientôt dans ce monde meilleur où nous pourrons nous serrer sur nos cœurs avec l'amour que les anges savent porter[3].

Il avait écrit à la même Marie cette lettre étrange :

[...] Une fois mort, alors seulement je pourrai vous imaginer revenue à moi avec toute votre amitié. [...] Je vous sou-

1. *Ibid.*, lettre à Marie von Kleist du 10 novembre 1811, p. 459.
2. *Ibid.*, lettre à Marie von Kleist du 19 novembre 1811, p. 459-460.
3. *Ibid.*, lettre à Marie du 21 novembre 1811, jour de son suicide, p. 462-463.

haiterais de mourir, si vous aviez besoin de cela pour être heureuse[1].

À Sophie Müller :

> *Le ciel sait, chère, excellente amie, quels sentiments étranges, en partie tristes, en partie enjoués, nous animent, à cette heure où nos âmes s'adressent une dernière fois à vous, avant de s'élever, comme deux aéronautes joyeux, au dessus du monde. [...] Quant à nous nous ne voulons rien savoir des joies de ce monde et ne rêvons que de campagnes célestes et de soleils sous lesquels nous allons errer, avec de longues ailes aux épaules*[2].

Et, à Ulrike :

> *Satisfait et serein comme je le suis, je ne puis mourir sans être réconcilié avec le monde entier... [...] Que le ciel t'accorde une mort rien qu'à moitié semblable à la mienne, quant à la joie et à la sérénité indicible qui l'emplissent*[3].

Satisfait et serein ? Est-il possible, sans extrapoler abusivement, de supposer que Frédéric, en restant vivant mais en retrait, réalise l'idéal de vie que Heinrich n'a pu atteindre que par la mort volontaire ? L'acte du suicide sert de caution à l'authenticité de ses écrits dans leur refus foncier de composer avec le réel. Tel est le testament d'un poète incarné indûment dans la peau d'un aristocrate et d'un militaire.

1. *Ibid.*, lettre du 17 septembre 1811, p. 453.

2. *Ibid.*, lettre du 20 novembre 1811, p. 460-461. Il dit « nous » car il parle au nom du couple qu'il forme avec Henriette Vogel au moment du suicide. Ces « ailes aux épaules » et ce soleil d'outre-tombe sont une réminiscence du *Prince* à la scène 3 de l'acte IV et à la scène 10 de l'acte V.

3. *Ibid.*, lettre à Ulrike von Kleist du 21 novembre 1811, p. 462. Il existe, du même traducteur, une autre version de la première phrase, plus explicite encore : « Je ne puis mourir, heureux et gai comme je le suis... », *Correspondance complète* de Kleist, trad. Jean-Claude Schneider, Gallimard, Le Promeneur, 1976.

RÉCEPTION ET MISE EN SCÈNE

La pièce — c'est le moins qu'on puisse dire — fut mal accueillie du vivant de l'auteur et encore longtemps après sa mort. Non seulement la dédicace à « Amalie Marie Anne » fut refusée mais la pièce fut interdite de représentation, malgré toute la diplomatie que déploya Marie von Kleist[1]. Elle ne fut jouée en Autriche, à Vienne, sous le titre de *La Bataille de Fehrbellin* qu'en 1821, et publiée la même année, dans les *Œuvres posthumes* de Kleist, par les soins de Ludwig Tieck, ami, admirateur et éditeur des *Œuvres complètes* de l'auteur en trois volumes, en 1826. La scène où le prince s'humilie et se traîne à genoux devant sa tante l'Électrice souleva une hilarité scandalisée et la pièce ne tint l'affiche que pour cinq représentations. Ce qui empêcha du même coup *La Petite Catherine de Heilbronn* d'être mise en scène alors que la pièce venait d'être inscrite au répertoire. Outre Tieck, indéfectible

1. Elle avait écrit en français en septembre 1811 au prince Wilhelm de Prusse une lettre prudente et perspicace qui fit chou blanc ; elle parle d'une « pièce unique, que l'auteur lui [à Marie Amélie] a dédiée, et qui sûrement renferme de grandes beautés, mais sur laquelle, si j'en juge par l'effet qu'elle a fait sur moi, il serait nécessaire de prévenir Madame la Princesse, et surtout il serait nécessaire qu'elle connût l'auteur, et toutes ses idées sur le Drame puisée [*sic*] dans le [*sic*] Shakespeare », lettre citée dans les *Œuvres complètes* (t. IV) de Kleist, *théâtre II*, Gallimard, Le Promeneur, notes, p. 603.

thuriféraire de l'œuvre de Kleist, quelques esprits avertis comme Grillparzer ou Bauernfeld reconnurent la valeur de l'œuvre. Même rejet néanmoins en 1860 : *Le Prince*, mis au répertoire du Burgtheater de Vienne, ne fut joué que neuf fois entre 1860 et 1869.

En Prusse, la pièce fut montée à Dresde le 6 décembre 1827 et Tieck avait pris la précaution de préparer les esprits par un article d'introduction publié peu de jours avant. Berlin n'accueillit la pièce qu'en 1828; elle suscita sur son sens et sa valeur des débats contrastés dont Heinrich Heine, dès 1822, s'est fait l'écho :

> *Il est certain maintenant que* Le Prince de Hombourg *ne paraîtra pas sur notre scène, pour la raison, paraît-il, qu'une noble dame croit que son ancêtre y est montré sous un jour peu glorieux*[1].

Les militaires reprochaient à Kleist de n'avoir pas respecté la vérité historique alors que le vrai prince de Hombourg avait été un authentique héros. Du coup la représentation n'eut lieu qu'après que Louis Robert eut fait subir au texte d'importants et diplomatiques remaniements : suppression de la première scène de l'acte I, remplacée par un long récit; suppression également de la scène litigieuse d'épouvante devant la mort en tant que telle, désormais transformée en scène de refus devant une mort infamante : être fusillé pour désobéissance sur un champ de bataille ! Malgré tout, la pièce ne fut jouée que trois fois.

Ignoré pendant plus d'un siècle des plateaux de théâtre, *Le Prince de Hombourg* a fait sa percée longtemps après avoir été traduit en français (1930) et longtemps après que les autres pièces de Kleist eurent été connues, voire exploitées : le germaniste Jean Giraudoux adapta deux scènes de *La Petite Catherine de Heilbronn* dans son *Ondine* (1939)

1. Cité par André Robert, Introduction à son édition bilingue de la pièce parue chez Aubier, Paris, 1964, p. XXXIX.

et il eut avec Louis Jouvet l'intention de monter *Penthésilée* et *La Cruche cassée.* Après la guerre, la grande révélation vint de Jean Vilar et du TNP, même si l'ensemble des pièces de Kleist, dont *Le Prince,* avait été représenté au Festival de Bochum en 1946. Vilar, qui avait monté avec grand succès *La Mort de Danton* de Büchner au deuxième festival d'Avignon en 1948, demanda à ses amis Marthe Robert et Arthur Adamov de lui proposer « quelque chose dans le même genre », entendez, dans le genre héroïque et romantique[1]. Ce fut un triomphe dont il est difficile de prendre la mesure tant il déchaîna d'enthousiasme : le rôle-titre était tenu par Gérard Philipe qui interprétait également le rôle de Rodrigue dans *Le Cid* lors du sixième festival d'Avignon, en cette même année 1951[2]. Gérard Philipe donnait au rôle une jeunesse, un allant, une sincérité, disons même une innocence qui, littéralement, emballa les foules, tous âges et tous sexes confondus.

Sur ce que pensait Gérard Philipe du rôle du prince, nous possédons un précieux témoignage transmis par Anne Philipe[3]. Ce qu'il déclare alors dans le feu de l'action importe moins, pour souligner l'audace de son jeu, que ce qu'il dira plus tard. D'un côté des réflexions sommaires et peu éclairantes :

1. Cette information vient de Pierre Bertaux, en avant-propos du numéro d'*Europe* (n° 686-687) consacré à Kleist en juin-juillet 1986, p. 7.

2. Outre Gérard Philipe et Jean Vilar qui tenait le rôle de l'Électeur, la distribution comprenait Jeanne Moreau dans le rôle de Natalie, Lucienne Lemarchand, Jean Négroni (qui remontera la pièce en 1976 à la Maison de la culture de Créteil), Pierre Asso, Lucien Arnaud, Jean-Paul Moulinot, Charles Denner, Monique Chaumette, Jean Leuvrais, Françoise Spira et Maurice Cousonneau. Décors et costumes de Léon Gischia, musique de Maurice Jarre. La pièce fut présentée en salle en 1952 au théâtre des Champs-Élysées, puis au théâtre du Palais de Chaillot.

3. *Gérard Philipe. Souvenirs et témoignages* recueillis par Anne Philipe et présentés par Claude Roy, Gallimard, coll. « L'air du temps », 1960, p. 166-172. On lira également des témoignages de comédiens sur le jeu de Gérard Philipe, dans le *Gérard Philipe, Qui êtes-vous ?* de Dominique Nores, La Manufacture, Lyon, 1988, p. 80-83.

> *C'est le sentiment de se trouver devant un chef-d'œuvre qui fait que le TNP joue une pièce plutôt qu'une autre. Le thème et l'anecdote importent moins... Ainsi dans* Le Prince de Hombourg, *il y a un revirement à la fin qui représente une concession de l'auteur à son époque. On sent bien qu'il n'a pas été agréable à Kleist de faire gracier le prince, lequel avait gagné la bataille contre les ordres... mais qu'importe ! À deuxième vue, son héros plus sentimental que raisonnable est follement attachant. C'est un être qui vit et rêve comme l'on peut vivre et rêver sur cette terre*[1].

De l'autre côté, une juste perception de la part qu'il faut accorder au corps et à sa débâcle pour rendre au plus juste l'angoisse du prince. Avec Philipe, le théâtre prend du corps, il ne se joue plus dans le masque ni avec une diction contrôlée mais dans le lâchez-tout du cri et de la violence corporelle. Gérard Philipe, alors, étonne, voire scandalise ; il est à la limite de détruire la belle image de lui que le public attend, mais ayant su descendre dans l'enfer du reniement de soi-même, quand il remonte à la surface, quel bonheur pour les spectateurs de le retrouver tel qu'en lui-même ! Le relâchement de la tension a quelque chose d'une libération comme après un moment de torture subi avec lui :

> *Un grand enrichissement m'a été apporté en voyant certains films japonais, dont la plupart n'ont pas été vus en France. Le Japonais est très nerveux, très fébrile, ce qui lui permet, quand il est acteur, d'aller au fond de son sentiment et, le metteur en scène le suivant ou le précédant, on en arrive à des scènes de paroxysme qui passent la limite du ridicule et atteignent une certaine outre mesure, qui est évitée la plupart du temps, disons même presque toujours, en France. [...] Ce paroxysme-là enrichit un acteur quand il le voit, parce qu'il sent qu'il pourrait le faire*[2].

1. *Souvenirs et témoignages*, *op. cit.*, p. 167-168.
2. *Ibid.*, p. 169.

Un critique « classique » comme Robert Kemp a bien perçu que Philipe savait jusqu'où il pouvait aller trop loin « dans les excès de la lâcheté, pour nous faire tolérer ce spectacle[1] ». Autrement dit, c'est la force expressive et l'inventivité gestuelle de Gérard Philipe, beaucoup plus que son charme et sa beauté, qui nous le feraient admirer, par nos yeux d'aujourd'hui. Un critique avisé comme Morvan Lebesque ne s'y est pas trompé :

> *Pour savoir ce que peut être le génie d'un acteur, ce dépassement de soi, pour parler en connaissance de cause du don théâtral, il faut avoir vu Gérard Philipe dans* Le Prince de Hombourg. *Il faut avoir vu le « Frédéric » de Gérard Philipe [...] marcher dans sa prison comme dans une cage, jouer avec le banc de sa cellule, se traîner à genoux en mendiant sa grâce et, même dans la pire lâcheté, demeurer émouvant et aimable. [...] Aucun acteur, depuis un siècle, ne semblait capable de « sortir » cette scène. Gérard Philipe a tenu cette gageure, et d'une manière indicible*[2].

Tout à l'inverse de cette représentation flamboyante dont, dit Morvan Lebesque, « les spectateurs qui ont vu Gérard Philipe parleront de lui toute leur vie[3] », la mise en scène du *Prince* par le Schauspielhaus de Düsseldorf, en mai 1967, pour le spectacle inaugural du théâtre des Nations, s'est signalée par sa froideur et son austérité. Le journaliste du *Monde* Bertrand Poirot-Delpech en témoigne, jugeant la prestation des Allemands à l'aune du modèle, indépassable, de la création française :

> *Alors que la pièce repose presque entièrement sur la présence et la prestance du prince, l'interprète de ce dernier, Wolfgang Arps, n'a ni beauté, ni jeunesse, ni fougue, ni mystère. Silhouette, démarche et diction lourdes, le rêveur insatiable n'est*

1. *Ibid.*, p. 168.
2. *Ibid.*, cité p. 170.
3. *Ibid.*

> *plus qu'un « baroudeur » mal réveillé. [...] Rien qu'un travail honnête, propre, convaincu*[1].

Le journaliste du *Figaro* va dans le même sens, surenchérissant sur l'image d'Épinal « d'un miracle de grâce et de jeune héroïsme [...], d'un prince fou d'amour, affolé de vie, furieux de bravoure, désespéré de mourir jusqu'à l'abdication de sa dignité d'homme, puis soudain ressaisi par l'orgueil de la race et la hauteur de son rang[2]... », tel que Gérard Philipe en a définitivement fixé l'image. Dès lors :

> *Nous déplorons qu'un prosaïsme si résolu nous prive des éclats romantiques d'un drame dont nous admirions l'envolée et la déraison poétiques, comme un personnage de Giraudoux cédant au puissant cantique de la Germanie wagnérienne*[3].

On ne peut mieux entasser les poncifs hétéroclites. Il n'est pas certain que Jean-Jacques Gautier ait saisi qu'en dotant le personnage de l'Électeur d'une « autorité calme et [d'une] sereine certitude », le metteur en scène a conçu l'enjeu de la pièce non comme la glorification d'un héros « romantique » mais comme le cheminement douloureux de l'exaltation individuelle vers le respect de la Loi collective. D'où la nécessité pour le metteur en scène de faire percevoir, à travers la raideur de l'acteur incarnant le Prince, que les contradictions intimes ne se résolvent pas par de simples bondissements de triomphe.

Peu d'années plus tard, en novembre 1972, sera donnée à la Schaubühne am Halleschen Ufer de Berlin-Ouest la mise en scène de Peter Stein qui, avec son dramaturge Botho Strauss, proposera la version sans doute la plus riche et la plus profonde de toutes celles qui avaient été mon-

1. *Le Monde* du 6 mai 1967.
2. Jean-Jacques Gautier dans *le Figaro* du 2 mai 1967.
3. *Ibid.*

tées jusqu'alors[1], mais qui n'est pas en contradiction avec celle de Düsseldorf. Par bonheur, la revue *Travail théâtral* a publié en 1976[2] les notes de dramaturgie rédigées par Botho Strauss : elles sont extrêmement précieuses pour suivre une pensée qui fait reposer toute la pièce sur l'impérialisme du rêve et sur la correspondance secrète de la vie, à la fois intime et publique de Kleist, avec les agissements de son héros, ce dernier réalisant idéalement, jusque dans la mort, les désirs de gloire et les espérances politiques de son auteur :

> *Tout est rêve dans cette pièce. [...] Pas un rêve du profond sommeil nocturne — ni une dramaturgie des visions « déformées » de l'inconscient —, mais une construction en rêve, claire, logique, en suspens, qui déréalise toutes les marques de réalité — aussi bien de la situation historique de la Marche de Brandenbourg en 1675 que de l'État prussien en 1810 — et les transforme en marques de l'imaginaire, des souhaits et projections, de l'auteur Kleist*[3].

Selon Botho Strauss, les thèmes aussi bien psychologiques que politiques de la pièce s'incarnent en personnages à double face, à l'image même de Kleist : c'est vrai, d'évidence, pour le prince mais tout autant pour l'Électeur et pour Natalie, voire pour Kottwitz, sans qu'on ait besoin, pour expliquer les palinodies des uns et des autres, d'aller puiser dans les réserves dramaturgiques usées de la ruse ou de la mauvaise foi. Dès lors *Le Prince de Hombourg* n'est plus du tout, comme on l'a cru successivement, une œuvre « mettant en danger l'État », ni une vision impérialiste, teintée de fascisme, de la notion de patrie, ni l'expression

1. Bruno Ganz tenait le rôle du prince, Peter Lühr celui de l'Électeur, Katharina Tüschen celui de l'Électrice, Jutta Lampe celui de Natalie. La scénographie était de Karl Ernst Herrmann et les costumes de Moidele Bickel.

2. *Travail théâtral*, n° 24-25 de juillet-décembre 1976, p. 8-13.

3. *Ibid.*, p. 8.

d'un irréalisme égotiste, mais une entreprise profondément pensée de solution politique :

> *En effet, avec* Le Prince de Hombourg, *Kleist écrit une pièce d'agitation politique : elle fait de la propagande pour la réalisation de l'idée, alors progressiste, de la libération nationale et de l'unification dans un État national — et, au-delà, pour une forme d'État idéal où l'ordre social et les sentiments subjectifs de l'individu se lieraient sans contradiction, où la recherche personnelle de bonheur servirait et favoriserait l'intérêt de la totalité de l'État*[1].

Idéaliste, mais lucide, Kleist est conscient de :

> *l'impossibilité de réalisation de ses idéaux. [...] La construction en rêve de la pièce implique la résolution magique définitive de toutes les contradictions, également celle de la vie et de la mort. [...] Le mot "éternité" au début du dernier monologue, désigne tout autant l'évanouissement subjectif, ressenti, de l'existence terrestre en une existence dans l'au-delà, que le mythe politique de l'héroïsme qui, fondé sur une mort sacrificielle librement consentie, survivra à la vie individuelle et physique*[2] *[...].*

Il ne faut donc pas s'étonner que Bruno Ganz prête sa stature solide et plutôt râblée au personnage du prince et adopte tout le long de la pièce une tonalité grave, l'intimité austère de la pièce étant signifiée par des tentures de velours noir qui couvrent tous les murs de la salle et incluent les spectateurs dans le monde intérieur de Hombourg ; intimité soulignée par l'usage de la scène à l'italienne, propice à souligner la solitude, élément naturel du prince : il n'est à l'aise que dans son rêve[3]. Désireux de

1. *Ibid*, p. 10. Dans cette même page Botho Strauss reconnaît à Georges Lukacs le mérite d'être l'un des premiers à avoir combattu la lecture négative faite de Kleist, accusé de fascisme rampant voire de barbarie décadente.

2. *Ibid*, p. 11.

3. Comme l'écrit Colette Godard : « Lorsqu'il [le prince] se montre "inconvenant", personne ne le regarde plus, il est nié. Quand il accepte les

marquer nettement le déchirement interne des personnages et l'intemporalité de l'action, Peter Stein s'appuie sur une opposition brutale du noir et du blanc pour les éléments de décor (décor unique symbolique avec, en toile de fond, un paysage de bord de mer; accessoires suggestifs et réduits au minimum) et sur la disparate des costumes :

> *Le personnel militaire du* Prince de Hombourg *n'est propre à aucune époque; à vrai dire ces généraux de cavalerie et ces colonels sont tous des officiers idéaux, ils correspondent à la vision de l'auteur d'une communauté militaire poétisée, humaine. Pour cette raison, ils portent des uniformes de fantaisie légers et beaux*[1].

En revanche, les femmes — qui évoluent dans le réel — sont habillées en costumes Premier Empire. Tel fut le spectacle que les parisiens eurent le privilège de voir au théâtre de l'Odéon-théâtre des Nations en 1973.

Quand, transfuges de l'Allemagne de l'Est (RDA), Manfred Karge et Matthias Langhoff montent à leur tour *Le Prince de Hombourg*, en mai 1984, leur souci premier est de détruire par les moyens du sarcasme et de la surenchère le militarisme proto-nazi de la pièce, « minable histoire de sado-masochisme militaire[2] »; de ravaler les rapports du prince et de l'Électeur à un conflit de pouvoir, Hombourg finissant asservi à des forces qui l'anéantissent[3] : « Le contenu explicite de cette œuvre, c'est le

---

règles du jeu il est porté en triomphe. Mais c'est un mannequin à son image qui est amené vers la brutale lumière du jour. Lui retourne, seul, à la nuit de son rêve », *Le Théâtre depuis 1968*, J. C. Lattès, 1980, p. 121-122.

1. Extrait du programme du spectacle.

2. Jugement de Matthias Langhoff cité dans *Les Voies de la création théâtrale*, éd. du CNRS, t. 19, 1994, p. 178. La mise en scène est analysée par Odette Aslan dans les p. 178-187 de ce volume.

3. Le prince apparaît revêtu d'un tutu, au corsage largement décolleté et trop petit pour lui, lors de sa scène de supplication devant l'Électrice, pour bien signifier qu'il est quasiment châtré; sa fameuse adresse à « L'immortalité », il la prononce, la tête enfermée dans un sac; quant à l'Électeur, lors de sa rencontre avec Natalie à l'acte IV, il se présente en

parcours d'un individu berné par les lois d'un État en formation[1]. » Karge et Langhoff unissent dans une symétrie opposée — comme s'il y avait liaison de cause à effet entre le premier et la seconde — le romantisme supposé de Kleist et une vision de Berlin dévasté par la guerre ; ils détournent le plus possible l'attention du texte en attirant l'œil et l'oreille des spectateurs sur des « bruits[2] ». Sans oublier des figurants en nombre et sanguinolents, ainsi qu'un décor composite et hétéroclite : barbelés à côté de « pâtisseries » et d'angelots fessus venus des pires bonbonnières « à l'italienne ».

Tout concourt à exacerber la théâtralité pour mieux la rejeter. Karge et Langhoff s'amusent tout autant qu'il dénoncent et démolissent un des monuments du patrimoine germanique. Spectacle incontestablement réussi et cohérent dans son intention vengeresse de régler son compte à l'armée, à la guerre, à l'État. On ne peut mieux faire pour démythifier une certaine vision de l'Histoire. Et le jeu de Gérard Desarthe, intériorisé et décalé, rend parfaitement compte d'un des aspects majeurs du prince, sa fragilité congénitale. Cette mise en scène tonitruante ne laisse pas debout une seule pierre de l'édifice complexe

---

chemise de nuit 1900, jambes blanches et poilues, ce qui le transforme en bourgeois à la Feydeau. Outre le rôle du prince tenu par Gérard Desarthe, celui de l'Électeur l'était par Philippe Clévenot, celui de Natalie par Agnès Dewitte, et celui de l'Électrice par Emmanuelle Stochl. La distribution comportait également François Chattot, Serge Merlin, Jean-Marc Avocat, Jean-Marie Frin et Denis Lavant. Le décor et les costumes étaient de Karl Kneidi. Le spectacle, qui avait été créé à Hambourg en 1978 dans une mise en scène à l'état d'ébauche, fut donné au TNP, à Villeurbanne, puis programmé au festival d'Avignon en 1985.

1. Autre jugement de Matthias Langhoff in *Les Voies de la création théâtrale, op. cit.*, p. 181.

2. Des bruits, au sens que prend ce mot en théorie de l'information : tout ce qui empêche la communication de se transmettre correctement par les canaux habituels. Ici ces bruits sont représentés par l'évolution d'un chien se promenant en scène et par le tambourinement de la pluie sur un parapluie qui protège le prince au moment où, tout abasourdi, il se voit, dans la dernière scène, réintégré dans le rang plutôt que couronné comme chef de guerre.

que Kleist avait tenté de construire. C'est un droit que la mise en scène, surtout allemande, s'arroge : peu importe que le spectateur soit pris à contre-pied, voire scandalisé, pourvu que l'inventivité dramaturgique et scénique éclate à chaque image. Ce qui est bien le cas.

Alexander Lang sera beaucoup plus timide et « raisonnable » quand il montera *Le Prince* dix ans plus tard avec la troupe de la Comédie-Française[1]. Comme Botho Strauss vingt ans plus tôt, il a bien perçu le caractère utopique de la visée politique de Kleist et combien utopie et politique sont inconciliables avec « des héros qui rêvent d'une société où le pouvoir des émotions équilibrerait celui de l'intelligence. Ce n'est pas un hasard si Kant et Rousseau étaient les deux maîtres préférés de Kleist, qui lui, rêvait d'un peuple s'identifiant au roi, c'est-à-dire au pouvoir[2] ».

Ce n'est donc pas un hasard si de plus en plus, avec « la mort » de l'Histoire et la montée en puissance des subjectivités, le rêve prend davantage d'importance dans les mises en scène que l'on peut proposer du *Prince de Hombourg*. Celle de Daniel Mesguich en est le témoin le plus récent et le plus significatif[3]. Non seulement la logique du rêve

1. Le spectacle, présenté au théâtre Mogador de mai à juin 1994, comportait Thierry Hancisse en prince de Hombourg, Michel Favory en Électeur, Muriel Mayette en Natalie et Catherine Ferran en Électrice ; les décors et costumes étaient signés par Marcel Keller.

2. Propos rapportés par Colette Godard dans *le Monde* du 20 mai 1994.

3. Le spectacle a été présenté au théâtre de l'Athénée en mai 2005 avec William Mesguich dans le rôle du prince, Elsa Mollien dans celui de Natalie et Xavier Gallais dans celui de l'Électeur. La scénographie était de Jean-François Gobert, les costumes de Dominique Louis et la musique de Jacques Cassard. La traduction a été reprise par Daniel Mesguich lui-même qui a donné de légers coups de pouce au texte pour le faire mieux s'accorder avec sa mise en scène. Ainsi les mots (il est vrai ambigus) de la fin deviennent : « LE MARÉCHAL : À la victoire ! À la victoire ! — TOUS : Tous les ennemis du Brandebourg, dans la poussière ! / Dans la poussière ! Dans la poussière ! / Poussière ! Poussière ! Poussière... », répétés jusqu'au noir final. Préalablement, pendant la scène 1 de l'acte III (scène de la prison) et encore dans la scène 1 de l'acte IV, le mot « poussière » (*Staub*), présent six fois dans le texte, produit une obsession sourde qui s'inscrira inconsciemment dans les esprits et s'imposera dans la dernière scène, avec un sens plus

(reprises *da capo*, coups d'arrêt sur un mot ou un geste...) s'inscrit dans les mouvements des personnages, mais de plus, Hombourg connaît des « absences » brutales là où le texte ne le dit pas expressément; absences soulignées par des cris sinistres de corbeaux, par des roulements sourds, par des voix lointaines déformées ou des projections d'images fantastiques. À la toute fin, dans une atmosphère plus cauchemardesque que grandiose, l'Électeur, sa cour et le prince descendent lentement en avant-scène sur fond de voix enregistrées qui marmonnent et répètent avec eux : « poussière, poussière... »

Rien ne dit, dans cette mise en scène, que Frédéric reste seul avec ses rêves; ce ne serait sans doute pas des rêves de gloire mais plutôt de méditation sur la mort puisque ce mot « poussière » maintes fois murmuré n'évoque pas celle des combats mais la parole biblique : *« Memento homo quia pulvis es et in pulverem reverteris*[1]. *»* Hombourg est, selon l'interprétation de Mesguich, saisi par la conscience aiguë du temps. Non que celui-ci le ronge et le détruise comme il le fait du Danton de Büchner; il l'a déjà rongé et détruit : avant même de vaincre, il sait qu'il a vaincu et il n'en tire aucune joie. Cet écrasement du temps dans l'instant même de sa perception l'empêche de participer aux illusions qui amusent le reste des hommes, bien qu'ils aient aussi conscience du destin qui les attend. Leçon d'autant plus générale que le metteur en scène multiplie les anachronismes (micros, stylo, téléphone, voix off) pour faire échapper la fable à l'histoire et à l'anecdote. Comme l'écrit Daniel Mesguich :

> *Il [le prince] aura rêvé la fin de la pièce dès le commencement. Il aura aussi rêvé puis débordé, sa fin à lui. Le prince de Hombourg vit à l'avance au passé, comme le théâtre. À la fois garde et projet. Il vit « en avance ». Mais jusqu'où ? Quel est*

---

métaphysique, il est vrai. Cette traduction a été publiée aux Éditions Le Bord de l'eau, Bordeaux, 2005.

1. « Souviens-toi, homme, que tu es poussière et que tu retourneras en poussière. »

> *l'instant le plus lointain que l'on puisse vivre à l'avance, qu'on puisse vivre ? Celui de sa propre mort. Eh bien, voilà : cet instant, le prince de Hombourg le vit*[1].

Ce qui n'exclut pas, dans la mise en scène, une attention toute particulière au quotidien et aux grimaces du Pouvoir. Avec des moments où l'armée et la cour prêtent le flanc au ridicule à moins qu'elles ne tombent dans la platitude bourgeoise. L'Électeur, lui, joue les Machiavel avec un rien de perversité, mais il a beau se déguiser en Louis XIV avec perruque et grimage outré, il sait son pouvoir fragile et à la merci d'une révolte que son valet suggère par son insolence. Natalie, quant à elle, est bien d'aujourd'hui; femme d'action et séductrice sûre de son pouvoir :

> Le Prince de Hombourg *: non pas rêve contre réalité, mais deux réalités, au moins, légitimes également, qui à tour de rôle se comprennent et se produisent l'une l'autre*[2].

Réalités qui se construisent en parallèle et, au bout du compte, se rejoignent — mais pas de la façon attendue : par la réconciliation de l'individu et de la collectivité dans la même vision catastrophiste de l'existence.

Au festival d'Avignon 2014 sera donnée dans la Cour d'honneur une nouvelle mise en scène du *Prince de Hombourg*, mis en scène par Giorgio Barberio Corsetti, dans la traduction de Ruth Orthmann et Eloi Recoing (éd. Actes Sud), avec Xavier Gallais (qui tenait le rôle de l'Électeur dans la mise en scène de Daniel Mesguich) dans

1. « En guise de préface », *Le Prince de Hombourg*, éd. Le bord de l'eau, *op. cit.*, p. 11.

2. *Ibid.* On signalera également, pour la France, les mises en scène de Guy Parigot en 1963, celle de Raymond Paquet avec la compagnie dramatique d'Aquitaine en 1967-1968, celle de Jean Négroni à Créteil en 1976, celle de Petrika Ionesco aux Tréteaux du Midi en 1979, et celle de Patrick Guinand à Paris, en 1982, avec le Jeune Théâtre National (JTN).

le rôle titre[1]. Voici un extrait de la note d'intention du metteur en scène :

> — *Toute la pièce est une énigme... ou peut-être un songe... qui commence par un somnambulisme et qui finit par un évanouissement... Ou bien est-ce l'histoire d'une lâcheté et d'un héroïsme ? Est-ce le résultat d'une impulsion inconsciente ou celui d'un véritable choix ?*
>
> — *De quoi parle* Le Prince de Hombourg *?*
>
> — *De comment on peut vivre tout en dormant... ou rêver de la vie... comment Éros se mêle impitoyablement aux décisions conscientes... comment la mort joue avec les glissades et les chutes des hommes... comment on peut entendre sans écouter... en écoutant les voix intérieures plutôt que celles de l'extérieur... comment la guerre est le terrain extrême de toutes les possibilités d'action... par le geste le plus extrême, l'homicide... comment les impulsions nous dominent... et comment la raison nous condamne à mort pour faire taire ces impulsions... L'ordre, l'obéissance aux règles, est-ce cela la mort ? Qu'est-ce que cette pièce tente de nous dire ? Comment le symbole finit par l'emporter sur le réel... Le symbole, est-ce une couronne de laurier sur la tête des poètes et des héros ?*
>
> *[...] Chaque scène est une énigme... le sens se perd dans les élans, dans les fulgurances... le prince est notre héros, l'avatar de nos songes... nous vivons avec lui dans des formes et des paysages durs, de pierre ou de fer... des scènes coupées au sabre... comme dans la charge d'une cavalerie exaltée... des scènes fragmentées, éclatées, livides... incongrues, l'une après l'autre... chaque scène, un tableau différent... qui répond à un système symbolique tour à tour différent... mais qui, toutes assemblées, créent une grande fresque... comme une chapelle cachée dans une grande cathédrale dépouillée...*

1. Les autres acteurs seront : Jean Alibert, Anne Alvaro, Clément Bresson, Anthony Devaux, Luc-Antoine Diquéro, Hervé Guerrisi, Éléonore Joncquez, Maximin Marchand, Geoffrey Perrin, Julien Roy, Gonzague Van Bervesseles. La scénographie sera créée par Giorgio Barberio Corsetti et Massimo Troncanetti, la vidéo par Igor Renzetti, la lumière par Marco Giusti, les costumes par Moïra Douguet et la musique par Gianfranco Tedeschi.

> *Sur le chemin du prince, une fosse... les croque-morts au travail... Par le biais de sa mère putative, le prince demande clémence à l'électeur, son père électif... Au théâtre, est-il possible que, dès que le père prend du pouvoir, les fossoyeurs commencent à creuser ? [...]*
>
> *La Cour d'honneur est une paroi ardue, un plateau sous un abîme... c'est là où le prince affronte la guerre, la peur, l'exaltation, le désir, la mort... c'est là où les personnages tombent et se redressent, on les croit morts, mais ils vivent pourtant pour condamner ou être condamnés, pour donner la grâce ou la recevoir*[1]*...*

On le voit, les mises en scène du *Prince de Hombourg* sont disparates jusqu'à la contradiction. Ce qui signe, d'une certaine façon, la force de la pièce : c'est une œuvre ouverte, non par maladresse et inaptitude de l'auteur à dire clairement ce qu'il pense, mais par la pluralité des significations que le tempérament puissamment poétique de Kleist a su distribuer dans son œuvre, au risque d'être incompris pendant de longues décennies.

1. Je remercie vivement Giorgio Corsetti et la direction du festival d'Avignon de m'autoriser à reproduire les notes du metteur en scène.

BIBLIOGRAPHIE

Le texte français

Le texte du *Prince de Hombourg* a été traduit de nombreuses fois avec des variantes importantes dues aux difficultés d'une syntaxe bousculée (fréquence des anacoluthes, emploi de constructions participiales « à la française »), et d'un style où abondent des images et des métaphores souvent filées qui mélangent le concret à l'abstrait[1]. Rares sont les traductions qui suivent rigoureusement le texte sans l'adapter, au risque de commettre faux sens et approximations par abus de paraphrase :

Première traduction du *Prince de Hombourg* en 1930, par André Robert, Éditions Montaigne ; puis traductions de :

Jean Curtis, utilisée par Jean Vilar (1951) et Guy Parigot (1963) pour leurs mises en scène et publiée dans la « collection du répertoire » du TNP, L'Arche éditeur, 1954.

Lou Bruder, publiée par le Club français du livre en 1960 et utilisée par Jean Négroni pour sa mise en scène (1976) ;

André Robert, pour l'édition bilingue Aubier-Flammarion (1968), avec introduction d'Antonia Fonyi, publication

1. Kleist fait preuve aussi d'une certaine désinvolture dans l'usage de la prosodie. Normalement le texte est écrit en pentamètres iambiques qui deviennent souvent des tétramètres ou des hexamètres et l'iambe de base est souvent remplacé par un autre mètre, tel que l'anapeste.

reprise avec le texte français seul en GF-Flammarion, en 1990. Préalablement André Robert avait procuré une édition bilingue avec introduction et notes de son cru, aux Éditions Aubier en 1964.

Bernard CHATELLIER, utilisée par Patrick Guinand (1982) et Alexander Lang (1994) pour leurs mises en scène, Imprimerie nationale, coll. « Répertoire de la Comédie-Française », 1994.

Henri THOMAS, publiée chez Gallimard, coll. « le manteau d'Arlequin » (1983) et destinée à la mise en scène de Manfred Karge et Matthias Langhoff (1984) ;

Ruth ORTHMANN et Eloi RECOING, in *Théâtre complet* de Heinrich von Kleist, éditions Actes Sud/Babel, 2001 ; texte choisi par Giorgio Corsetti (festival d'Avignon 2014) ;

Pierre DESHUSSES et Irène KUHN in *Œuvres complètes* de Heinrich Kleist, tome IV, *Théâtre II*, Éditions Gallimard (le Promeneur), 2002.

Daniel MESGUICH, utilisée pour sa mise en scène (2005), publiée aux Éditions Le Bord de l'eau, 2005.

Textes critiques

Sur Kleist

Albert BÉGUIN, *L'Âme romantique et le Rêve*, José Corti, (1939), 1946.

Jean CASSOU, « Kleist et le somnambulisme tragique », in Albert Béguin, *Le Romantisme allemand*, Cahiers du Sud, « 10/18 », 1949, p. 344-353.

Marthe ROBERT, « La faute dans le théâtre de Kleist », in *Théâtre populaire*, n° 10, nov-déc. 1954, p. 15-23; *Un homme inexprimable*, essai sur l'œuvre de Heinrich von Kleist, L'Arche, coll. « Travaux », (1955), 1981 ; *Heinrich von Kleist dramaturge*, L'Arche, coll. « Les grands dramaturges », 1955.

Roger AYRAULT, *Heinrich von Kleist* (1934), Aubier-Montaigne, 1966.

Jacques BRUN, *L'Univers tragique de Kleist*, essai, SEDES, 1966.

Camille DEMANGE, « La crise du dialogue dramatique chez

Kleist et Büchner », in *Le Théâtre tragique*, éd. du CNRS, 1967, p. 329-333.

Jean-Charles LOMBARD, *Heinrich von Kleist*, Seghers, coll. « Écrivains de toujours », 1967.

Stefan ZWEIG, *Le Combat avec le démon. Kleist, Hölderlin, Nietzsche*, Belfond, 1983.

Mathieu CARRIÈRE, *Pour une littérature de guerre, Kleist*, (1984), traduction de Martin Ziegler, Actes Sud, Arles, 1985.

Europe, dossier Kleist, n° 686-687, juin-juillet 1986.

Joël LEFEBVRE, *Théâtre allemand 1750-1850*, Presses universitaires de Lyon, 1992.

Collectif, *Lire Kleist aujourd'hui*, actes du colloque franco-allemand de Montpellier (1996), Climats/Maison Antoine Vitez, Montpellier, 1997.

Laurent VAN EYNDE, « Le tragique et la dialectique selon Heinrich von Kleist », in Muriel Lazzarini-Dossin (dir.), *Théâtre tragique et modernité en Europe (XIXe et XXe siècles)*, actes du colloque de Louvain, 2001, Peter Lang, Bruxelles, 2004.

Sur *Le Prince de Hombourg*

Alfred SCHLAGDENHAUFFEN, *L'Univers existentiel de Kleist dans Le Prince de Hombourg*, Les Belles Lettres, 1953.

Jean-Yves MASSON, « *Le Prince de Hombourg* ou le Conflit de l'enthousiasme et de la raison : une tragédie de la conciliation », in Karen Haddad-Wotling (dir.), *Le Héros et l'Histoire sur la scène romantique. Kleist, Musset, Slowacki*, SEDES, 1999.

David LESCOT, « *Le Prince de Hombourg* de Heinrich von Kleist, ou la Dramaturgie dissimulée », in Karen Haddad-Wotling (voir ci-dessus).

Sur les mises en scène de la pièce

William C. REEVE, *Kleist on stage 1804-1987*, Montréal and Kingston, Mc-Gill Queen's University Press, 1993.

NOTES

Page 37.

1. « Le Prince Friedrich von Homburg » : si les traducteurs Irène Kuhn et Pierre Deshusses ont choisi de garder au prince son patronyme allemand, pour lui laisser toute sa force mythique, nous avons préféré, dans tout l'appareil critique, suivre la tradition et lui donner, de bout en bout, un nom français.

2. « Drame » : Kleist sous-titre sa pièce *Schauspiel*, pièce de théâtre, et non *Trauerspiel*, pièce de deuil, drame, ou *Drama* au sens français de drame romantique, tel qu'il fut théorisé par Mme de Staël (*De l'Allemagne*, 1813), Stendhal (*Racine et Shakespeare*, 1823) et Hugo (*Préface de Cromwell*, 1827).

Page 39.

1. « Amalie Marie Anne » : en tant que descendante directe du vrai prince de Hombourg, elle était supposée par Kleist devoir être bienveillante à l'égard de la pièce et de son auteur, qui en espérait même une pension. Ce fut tout le contraire qui arriva (voir la Préface, p. 7-8).

Page 41.

1. « Personnages » : en dehors de Natalie qui est de la pure invention de Kleist, tous les personnages sont historiques par leurs noms, mais ni par leur âge, ni par leur comportement. Ce qui ne suffit pas à faire une pièce historique de l'œuvre de Kleist.

Page 45.

1. Goethe avait déjà comparé Egmont à un « somnambule ». Chez Kleist on assiste à la scène, ce qui fait pénétrer dans l'intimité du personnage et lui donne une valeur d'expérience. Valeur symbolique également : le prince est absent au monde.

2. La « lune » et les torches créent une atmosphère théâtrale de mystère.

3. « Appelle-le par son nom et il tombe » : selon une croyance populaire les somnambules, réveillés brutalement à l'appel de leur nom, s'écroulent.

Page 47.

1. « Je parie qu'en songe il voit déjà des astrologues » : des astronomes ou des astrologues ? Des soleils constellations ou des soleils décorations ? « Seraient-ce des astronomes qui, en son honneur, donnent son nom à un groupe d'étoiles ? », note de l'édition Aubier-Flammarion (voir, *supra*, la Bibliographie). *Sterngucker* signifie plutôt astronome.

Page 48.

1. « L'Électeur recule... » : pourquoi l'Électeur fuit-il si vite, à l'aveu de son amour par Frédéric ? Par scrupule de violer l'intimité de ses sentiments ? Mais il a beau se précipiter pour rentrer au château, le prince a le temps de le reconnaître et de *commenter* la fuite du groupe. L'étrange est qu'il soit le seul lucide, les autres ne sachant ni ce qu'il a dit, ni ce qu'il a pris.

Page 51.

1. « Arthur » : ce second prénom Arthur est de l'invention de Kleist, pour éviter sans doute d'appeler le prince « Friedrich » qui est aussi le prénom de l'Électeur.

Page 52.

1. L'allusion aux « Mamelouks » est moqueuse ; ils n'ont rien à voir avec la cavalerie du Brandebourg. C'était une milice d'élite, devenue célèbre lors de la campagne

d'Égypte de Bonaparte. Mohammed Ali, qui les craignait, avait fait assassiner trois cents de leurs chefs le 1er mai 1811, au moment où Kleist finissait sa pièce.

Page 55.

1. Hohenzollern prend plaisir à épaissir le mystère en lançant le prince sur de fausses pistes et, du même coup, en l'enfermant encore davantage dans son rêve, tout éveillé qu'il est.

2. Pour rester dans la logique du somnambulisme, il faut croire le prince sur parole quand il dit ne pas se souvenir du nom de la « troisième » personne. C'est un cas très psychanalysable de censure.

Page 58.

1. « Elle lève la couronne où se balançait la chaîne, / Comme si elle allait couronner un héros » : cette image est inspirée par un tableau d'Annibal Carrache, accroché dans la galerie de Dresde où Kleist demeurait quand il commença à écrire sa pièce. Kleist fait une description détaillée de ses richesses picturales dans une lettre adressée à Wilhelmine von Zenge, sa fiancée, le 21 mai 1801 (*Correspondance, Œuvres complètes*, t. V, Gallimard, Le Promeneur, 2000, p. 211). La toile de Carrache a été reproduite dans le programme du spectacle mis en scène par Peter Stein.

2. Ce récit de rêve par le prince est très convaincant : il rend bien compte des métamorphoses de l'espace et des lieux ainsi que de l'impuissance des gestes, dans le rêve.

Page 64.

1. Les « heiduques » (du hongrois *hajduks*) sont des domestiques revêtus de livrées hongroises.

Page 70.

1. « Le plan de bataille prévoit justement de les anéantir » : il s'agit, non de gagner une bataille, ce qui a été fait les jours précédents, mais d'en finir avec les Suédois en les anéantissant.

Page 71.

1. On ne peut mélanger plus insidieusement (pour les conséquences qui en découlent) le militaire et le mondain — voire le familial —, l'essentiel et le contingent.

2. Il n'y a aucune raison de penser que le prince joue le « troublé ».

Page 74.

1. Habilement, Kleist multiplie les interventions du hasard qui empêchent le prince d'être surveillé par son entourage : le feld-maréchal ne rencontrera pas Kottwitz.

2. « Tu m'as récemment gâché deux victoires » : on ne sait rien (ni historiquement ni dans le texte) des deux erreurs tactiques précédentes du prince. Elles sont également imaginaires, historiquement.

Page 75.

1. Tous les monologues de Hombourg (celui-ci et les deux autres : acte IV, scène 3, et acte V, scène 10) le transportent dans un ailleurs moins onirique que surhumain où il « décroche » du monde d'ici-bas.

Page 77.

1. La teichoscopie (qui consiste à évoquer par le récit ou par des moyens techniques — bruits ou lumières — l'ailleurs invisible, simultané à l'action en cours) est un procédé familier à Shakespeare et à Schiller. Grabbe en fera un grand usage dans son *Napoléon et les Cent Jours* (1821) mêlant les bruits, comme Kleist, aux choses vues par les seuls personnages en scène.

Page 78.

1. « Ouf! Que la peste m'emporte! » : en français dans le texte.

Page 79.

1. « Suis-je une flèche, un oiseau, une pensée? » : cette image vient de Shakespeare; c'est Falstaff qui l'utilise dans *Henri IV*, 2e partie, acte IV, scène 3.

Page 83.

1. Frédéric est encore « ailleurs », avec le gant ! Les conséquences s'en feront sentir très vite : il ne comprend rien au déploiement de l'armée.

Page 87.

1. Se faisant l'interprète de la tactique de l'Électeur, l'officier fait comprendre qu'il faut attendre que Hennings ait coupé les ponts sur la Rhyne en interdisant toute retraite aux Suédois. En se lançant trop tôt, le prince vole au secours de la victoire mais empêche la débandade de l'ennemi.

2. « Enlève-lui son épée ! » : l'officier agit à l'égard de Frédéric exactement comme l'Électeur le fera à son propre égard, mais en symétrie totalement inversée, Frédéric se montrant non seulement brutal mais hors de son droit.

Page 90.

1. « Ô ma mère ! » : le terme *Mutter* est seulement affectif puisque l'Électrice est sa tante.

Page 95.

1. Le monde d'« ennemis » est surtout peuplé de soldats français si l'on songe à la date de composition de la pièce.

Page 105.

1. « Ô divin César ! / J'appuie mon échelle contre ton étoile » : Virgile parle dans sa neuvième *Églogue* (v. 47) de l'« étoile de César ». « Divin » est un ajout de Kleist.

Page 109.

1. « *Per aspera ad astra* » : devise célèbre (« jusqu'aux étoiles à travers les dangers ») qui vient d'Hésiode.

Page 112.

1. « Brutus » : Lucius Junius Brutus, héros semi légendaire de Rome (VIe siècle avant J.-C.), avait fait exécuter ses deux fils convaincus d'avoir comploté contre la République. La chaise curule était réservée à certains hauts magistrats.

Page 114.

1. « Tant pis ! » : *Gleichviel !* (n'importe !) est une formule qu'affectionne le prince. Elle signifie qu'il suit sa voie en solitaire, indifférent à tout le reste et sûr de lui. Peut-être le restera-t-il jusqu'au bout, même en traversant la mort. C'est mon hypothèse d'interprétation.

Page 121.

1. Le « dey d'Alger » et « Sardanapale » sont ici des figures de la cruauté ; mais comparés à l'Électeur, ce sont des anges !

Page 127.

1. Cette scène 5, qui a scandalisé les militaires prussiens et la cour de l'Électeur, a provoqué son interdiction tant de représentation que de publication.

2. « L'épouvante de la mort » : l'influence de Shakespeare (*Mesure pour mesure,* acte III, scène 1) est flagrante pour toute cette tirade de déploration et d'angoisse.

Page 135.

1. La mère de l'« égarement » (identifié par métonymie au coupable) est la fidélité, c'est-à-dire le zèle qu'a manifesté le prince pour la gloire de l'Électeur. La personnification est filée : c'est en tant que héros viril que l'« égarement » a vaincu les Suédois.

2. « Ma poitrine d'airain » : paradoxe apparent puisqu'un tyran ne se définit pas par son insensibilité mais par un comportement tantôt brutal, tantôt généreux. L'Électeur, lui, n'obéit qu'à la raison qui lui dicte une conduite constante.

Page 136.

1. En parlant de « patrie » plutôt que de Loi, Natalie humanise et rend concret le rapport des sujets à l'autorité.

Page 139.

1. « S'il peut estimer que le verdict est injuste, / Je casse le jugement : il est libre ! » : *Wenn* signifie à la fois « si » et « dès que » (aux sens temporel et causal) ; d'où l'ambiguïté

de la conclusion : « il est libre ! »... à condition que... ou, aussitôt que... Natalie, à la fin de la scène, laisse entendre qu'elle a saisi le double sens du mot.

Page 145.

1. Natalie prend une initiative délictueuse en abusant de sa qualité de « fondé de pouvoir » de l'Électeur. Elle est vraiment l'*alter ego* du prince par cette preuve d'indépendance.

Page 149.

1. « *Nathalie pâlit* » : c'est le moment où Natalie acquiert une stature riche et nuancée : lucidité, ruse, autorité, joie feinte, chantage à la mort et aux larmes... avec tout ce qu'il faut de fausse naïveté, de jeux de mains et de mots et, à la fin de la scène, effaçant tout ce qui précède avec une explosion de sincérité et d'amour.

Page 159.

1. En posant la cordelette sur la table, le dey invitait les rebelles à se donner eux-mêmes la mort. L'Électeur est inquiet mais il le dit avec humour.

Page 161.

1. « Mon cœur est avec eux » : l'Électeur ne peut mieux faire comprendre que la Loi et lui sont de deux ordres indépendants. Son cœur (*Herz*) a des raisons que la raison ne connaît pas.

Page 162.

1. « De ma botte posée devant sa maison / Je le protégerai de ces jeunes héros ! » : l'Électeur veut signifier, sans le dire expressément, que sa présence (sous la forme métonymique de sa botte) suffirait à dissuader les « jeunes héros » (antiphrase pour désigner les « insensés » — *Rasenden* — que sont les officiers) d'attaquer la prison où se trouve le prince.

Page 164.

1. Fort de la réponse de Frédéric, l'Électeur va laisser, pendant la longue scène 5, les uns et les autres développer

des arguments en faveur de la clémence alors qu'il a déjà pris la décision de pardonner la faute, en prévoyant de renvoyer le comte suédois von Horn, « entremetteur » éventuel de son roi auprès de Natalie.

2. Les intervention de Kottwitz et de Hohenzollern, dès lors dramatiquement inutiles, ont l'intérêt de développer la conception kleistienne de la Loi : non seulement elle doit être humaine, mais elle est soumise aux caprices du hasard ; elle n'existe pas *in abstracto.*

3. « Qui t'a appelé ici, en cette ville ? » : l'Électeur n'apprécierait guère qu'un régiment en armes soit au pied du château ; d'où sa question à Kottwitz.

Page 170.

1. « Quel pauvre esprit, qui ne connaît rien aux astres » : les astres, donc la fortune, sont supposés par Kottwitz diriger les actions humaines. Il y a là un souvenir de Shakespeare.

Page 177.

1. « Ah ! la sagesse pythienne de mes officiers ! » : ces derniers procèdent comme la Pythie de Delphes ; ils émettent, eux, non des oracles, mais des commentaires spécieux ; de toute façon on n'y comprend rien.

Page 183.

1. L'Électeur pousse loin la mise en scène de la fausse exécution. Le monologue du prince ressemble beaucoup à la lettre écrite par Kleist à Sophie Müller, le matin de son suicide (voir la Notice, p. 203).

Page 185.

1. « À présent, ô Immortalité... » : cette tirade est manifestement inspirée de « L'Ode à Fanny » de Friedrich Gottlieb Klopstock (1724-1803).

Page 186.

1. Valeur symbolique des fleurs évoquées : mort, vie et amour représentés par la belle-de-nuit, les giroflées et les œillets.

Page 188.

1. « Est-ce un rêve ? » : la force de Kleist est de laisser sans réponse la fausse question du prince. D'où, très valablement, la multiplicité des interprétations possibles : doute du prince devant ce qu'il craint n'être encore qu'un rêve de gloire et d'amour. Il s'évanouit de trop d'émotion mais il va revenir à lui et au monde. Interprétation contraire : son évanouissement signe son repliement définitif sur soi : l'épreuve a été trop forte. Le prince retourne à son rêve de la toute première scène ; rêve qui est pour lui la seule réalité. « Non, ce n'est pas un rêve », font dire à Kottwitz plusieurs traducteurs, alors que, littéralement, il opine (« Quoi d'autre, sinon ? ») pour confirmer que c'en est bien un. Les divergences portent sur le sens et la valeur qu'on accorde au mot « rêve ».

RÉSUMÉ

Dans les jardins du château de Fehrbellin, le prince de Hombourg, général de cavalerie et neveu de l'Électeur du Brandebourg, rêve les yeux ouverts tout en tressant une couronne de laurier. L'Électeur, descendu dans les jardins avec sa cour, se livre à un simulacre de couronnement en chargeant Natalie, nièce de l'Électrice, de poser sur la tête du prince la couronne tressée, enrichie de la chaîne que l'Électeur porte au cou. Alors que le geste de Natalie est suspendu, le prince se tend vers elle en proférant, pour elle, des mots d'amour et, pour l'Électeur et l'Électrice, des paroles d'amour filial. Surpris, l'Électeur et sa suite rentrent au château précipitamment ; le prince a néanmoins, en les poursuivant, le temps de s'emparer d'un des gants de Natalie (scène 1). Apparemment l'Électeur n'est pas très fier de la plaisanterie qu'il s'est permise car il cherche à s'assurer, en envoyant un émissaire, que le prince « quand il se réveillera » de son somnambulisme, ne soit pas informé de ce qui s'est passé (scènes 2 et 3). La conversation qui s'ensuit entre Hombourg et son ami Hohenzollern est faite à la fois de souvenirs précis qui l'emportent jusqu'au septième ciel et de zones obscures que Hohenzollern épaissit à plaisir. On apprend que le lendemain à l'aube, l'état-major se réunit pour mettre au point la stratégie la mieux faite pour en finir avec l'ennemi suédois (scène 4).

Au matin, tandis que le maréchal Dörfling distribue sa tâche à chacun des généraux, le prince écoute les consignes d'une oreille si distraite qu'il faut le rappeler plusieurs fois à l'ordre : cette histoire de gant, qu'il a gardé par-devers lui et dont il ne connaît pas le propriétaire, mobilise tout son esprit jusqu'au moment où il apprend que Natalie est précisément à la recherche d'un gant perdu. « Galant », il le remet à la princesse mais ne revient pas pour autant à la réalité de la bataille prochaine, bien au contraire (scène 5). Et le premier acte finit sur un monologue exalté du prince : il se voit déjà vainqueur des Suédois, engrangeant à son seul usage les trésors de la Fortune (scène 6).

Très longtemps le prince va continuer de voguer sur un nuage tant il est, durant la bataille, absent à ce qui se passe et oublieux des ordres reçus au point de foncer tête baissée contre l'ennemi et, par un coup de chance, de remporter une victoire qui n'en est pas tout à fait une car l'Électeur désirait écraser totalement les Suédois et non leur laisser le loisir de se refaire (scènes 1 et 2 de l'acte II). Après la bataille, l'illusion de triomphe est encore plus nette, quand un officier vient annoncer à l'Électrice et à Natalie, réfugiées chez un paysan, que l'Électeur, monté sur un cheval blanc, a été tué sur le champ de bataille, fauché par la mitraille. Survient le prince qui entoure Natalie de son amour et l'assure de sa protection (scènes 3 à 9). Mais le cheval blanc n'était pas monté par l'Électeur : celui-ci n'est pas mort et il prend très mal la désobéissance de son neveu; il le condamne aux arrêts et décide de le faire passer en cour martiale. Après un moment de révolte brutale contre une mesure qu'il juge indigne de lui comme de l'Électeur, le prince remet son épée (scène 10).

Au tout début de l'acte III, Hombourg retourne à ses illusions : il croit seulement à une mise en scène destinée à sauvegarder les apparences de la légalité. Devant l'insistance de Hohenzollern il comprend enfin qu'il est condamné à mourir. Néanmoins il trouve de bonnes — mais fausses — raisons à ce jugement inique : il pense que ses prétentions matrimoniales sur Natalie dérangent le plan de l'Électeur, désireux de parvenir à un règlement définitif avec les Suédois en accordant à leur roi la main de sa nièce. Il s'écroule (scène 1 de l'acte III). Sortant de sa prison, il décide d'aller supplier l'Électrice de parler en sa faveur (scènes 2 et 3) : il est alors au plus creux de la vague. Toute la fin de l'acte III (scènes 4 et 5) voit le prince réduit à néant, horrifié par la perspective d'une mort prochaine, appelant à l'aide, d'abord l'Électrice qui s'avoue impuissante, puis Natalie — pourtant repoussée par lui — qui l'assure de son soutien tout en l'invitant à ne pas être inférieur à sa réputation.

À partir de l'acte IV se noue un jeu complexe d'arguments et de contre-arguments avancés tant par Natalie que par l'Électeur qui, loin d'être insensible, à titre personnel, aux malheurs de son neveu, se sait prisonnier d'une Loi qu'il doit respecter; il ne trouve pas d'autre solution que de rendre le prince lui-même juge du bien-fondé de sa condamnation (scène 1). Pour augmenter les chances de sauver Hombourg, Natalie n'hésite pas à prendre des initiatives hardies en tant que colonel de dragons (scène 2), ni non plus à exhorter son bien-aimé à accepter le marché de dupes que lui propose l'Électeur (scène 4). Cette dernière scène de l'acte IV voit le prince remonter à la hauteur de lui-même en acceptant la mort : il reconquiert par là sa propre estime et reçoit de Natalie l'aveu d'un amour total, dans une émulation conjointe de grandeur d'âme.

L'acte V laisse planer, en ses débuts, un vent de révolte parmi les officiers : ils ne conçoivent pas que le vainqueur de Fehrbellin puisse être passé par les armes. L'Électeur inquiet et irrité (scènes 1 et 2) accepte cependant d'entendre les suppliques de ses officiers dont le plus hardi se révèle être Kottwitz, apparu jusqu'alors comme le plus soumis des soldats (scènes 3 et 5). La fin de la pièce, qui a prêté aux interprétations les plus contraires, laisse peu de place au prince de Hombourg qui a définitivement fait son choix, tandis que ses compagnons d'armes, en retard d'une information, argumentent auprès de l'Électeur pour relativiser la gravité de sa faute et développent des attendus sur les rapports de la Loi avec la Patrie, sur le respect dû au Pouvoir mis en balance avec le dévouement porté au Chef. Toute la longue scène 5 peut être tenue pour spécieuse et inutile, l'Électeur ayant en main, avec la réponse du prince, de quoi tenir tête à toute opposition, voire à toute fronde (scène 4). Le prince ne fait qu'une brève apparition aux scènes 7 et 8 pour refuser tout compromis et repartir vers sa prison sans un regard pour Natalie. Tandis que l'Électeur, conscient de la popularité du prince, pardonne et déchire « l'arrêt de mort » (scène 9), Hombourg a enfin conquis, dans ce qu'il croit une mort imminente, l'immortalité qui consacre le statut d'étranger au monde qu'il a manifesté dès la première scène de la pièce, à moins qu'il ne soit parvenu à concilier la face solitaire et rêveuse de sa personnalité avec sa face publique et guerrière (scène 10).

On dira, avec autant de vraisemblance de part et d'autre, que le prince a traversé une épreuve qualifiante qui l'a fait se réconcilier avec la réalité et l'Électeur, et qu'il participe désormais à l'enthousiasme général pour repartir au combat ou, au contraire, qu'il s'écarte de ses compagnons et rompt tout lien familial et affectif pour laisser son esprit s'envoler « à travers le silence de l'espace éthéré ». La reprise parfaite de la scène 1 de l'acte I dans la scène 11 de l'acte V apporte-t-elle la preuve de la conversion d'un individu d'exception qui rentre dans le rang conventionnel des relations sociales et amoureuses ? Dès lors le geste de Natalie, suspendu à la scène 1, s'achève enfin et toute la pièce n'aura servi qu'à arrêter l'image dans son mouvement, le futur étant déjà présent. Dira-t-on au contraire qu'avoir frôlé la mort a conforté le prince dans son éloignement originel des choses du monde (voir la scène 3 de l'acte IV) et qu'il se retrouve tel qu'en lui-même, assis solitaire et libre sur un banc de jardin, même si, apparemment, il repart au combat avec ses compagnons ? Au lecteur d'en décider.

COLLECTION FOLIO THÉÂTRE

109. Victor HUGO : *Lucrèce Borgia.* Édition présentée et établie par Clélia Anfray.
110. Jean ANOUILH : *La Sauvage.* Édition présentée et établie par Bernard Beugnot.
111. Albert CAMUS : *Les Justes.* Édition présentée et établie par Pierre-Louis Rey.
112. Alfred de MUSSET : *Lorenzaccio.* Édition présentée et établie par Bertrand Marchal.
113. MARIVAUX : *Les Sincères* suivi de *Les Acteurs de bonne foi.* Édition présentée et établie par Henri Coulet.
114. Eugène IONESCO : *Jacques ou la Soumission* suivi de *L'avenir est dans les œufs.* Édition présentée et établie par Marie-Claude Hubert.
115. Marguerite DURAS : *Le Square.* Édition présentée et établie par Arnaud Rykner.
116. William SHAKESPEARE : *Le Marchand de Venise.* Édition de Gisèle Venet. Traduction de Jean-Michel Déprats. Édition bilingue.
117. Valère NOVARINA : *L'Acte inconnu.* Édition présentée et établie par Michel Corvin.
118. Pierre CORNEILLE : *Nicomède.* Édition présentée et établie par Jean Serroy.
119. Jean GENET : *Le Bagne.* Préface de Michel Corvin. Édition de Michel Corvin et Albert Dichy.
120. Eugène LABICHE : *Un chapeau de paille d'Italie.* Édition présentée et établie par Robert Abirached.
121. Eugène IONESCO : *Macbett.* Édition présentée et établie par Marie-Claude Hubert.
122. Victor HUGO : *Le Roi s'amuse.* Édition présentée et établie par Clélia Anfray.
123. Albert CAMUS : *Les Possédés* (adaptation du roman de Dostoïevski). Édition présentée et établie par Pierre-Louis Rey.

124. Jean ANOUILH : *Becket ou l'Honneur de Dieu*. Édition présentée et établie par Bernard Beugnot.

125. Alfred de MUSSET : *On ne badine pas avec l'amour*. Édition présentée et établie par Bertrand Marchal.

126. Alfred de MUSSET : *La Nuit vénitienne. Le Chandelier. Un caprice. Il faut qu'une porte soit ouverte ou fermée*. Édition présentée et établie par Frank Lestringant.

127. Jean GENET : *Splendid's* suivi de *«Elle»*. Édition présentée et établie par Michel Corvin.

128. Alfred de MUSSET : *Il ne faut jurer de rien* suivi de *On ne saurait penser à tout*. Édition présentée et établie par Sylvain Ledda.

129. Jean RACINE : *La Thébaïde ou les Frères ennemis*. Édition présentée et établie par Georges Forestier.

130. Georg BÜCHNER : *Woyzeck*. Édition de Patrice Pavis. Traduction de Philippe Ivernel et Patrice Pavis. Édition bilingue.

131. Paul CLAUDEL : *L'Échange*. Édition présentée et établie par Michel Lioure.

132. SOPHOCLE : *Antigone*. Préface de Jean-Louis Backès. Traduction de Jean Grosjean. Notes de Raphaël Dreyfus.

133. Antonin ARTAUD : *Les Cenci*. Édition présentée et établie par Michel Corvin.

134. Georges FEYDEAU : *La Dame de chez Maxim*. Édition présentée et établie par Michel Corvin.

135. LOPE DE VEGA : *Le Chien du jardinier*. Traduction et édition de Frédéric Serralta.

136. Arthur ADAMOV : *Le Ping-Pong*. Édition présentée et établie par Gilles Ernst.

137. Marguerite DURAS : *Des journées entières dans les arbres*. Édition présentée et établie par Arnaud Rykner.

138. Denis DIDEROT : *Est-il bon ? Est-il méchant ?*. Édition présentée et établie par Pierre Frantz.

139. Valère NOVARINA : *L'Opérette imaginaire*. Édition présentée et établie par Michel Corvin.

140. James JOYCE : *Exils*. Édition de Jean-Michel Rabaté. Traduction de Jean-Michel Déprats.

141. Georges FEYDEAU : *On purge Bébé !*. Édition présentée et établie par Michel Corvin.

142. Jean ANOUILH : *L'Invitation au château*. Édition présentée et établie par Bernard Beugnot.

143. Oscar WILDE : *L'Importance d'être constant*. Édition d'Alain Jumeau. Traduction de Jean-Michel Déprats.

144. Henrik IBSEN : *Une maison de poupée*. Édition et traduction de Régis Boyer.

145. Georges FEYDEAU : *Un fil à la patte*. Édition présentée et établie par Jean-Claude Yon.

146. Nicolas GOGOL : *Le Révizor*. Traduction d'André Barsacq. Édition de Michel Aucouturier.

147. MOLIÈRE : *George Dandin ou le Mari confondu* suivi de *La jalousie du Barbouillé*. Édition présentée et établie par Patrick Dandrey.

148. Albert CAMUS : *La Dévotion à la croix* (de Calderón). Edition présentée et établie par Jean Canavaggio.

149. Albert CAMUS : *Un cas intéressant* (d'après Dino Buzzati). Edition présentée et établie par Pierre-Louis Rey.

Composition PCA/CMB Graphic
Impression Novoprint
à Barcelone, le 17 juin 2014
Dépôt légal : juin 2014

ISBN 978-2-07-045883-7./Imprimé en Espagne.

267091